[日] 青木祐子 著

邢利颉 译

这个不可以报销 ④

财务部的森若小姐

台海出版社

◇
千
本
櫻
文
库
◇

　　文库，原本是指收纳书物的仓库和书库，也指收纳书与记事簿，以及不常用物品的小箱子。以前者为例，京浜急行线的"金泽文库站"就是以前镰仓时代北条氏用来收藏汉书用的，"金泽文库"名字的由来便是如此。东京都的世田谷区也存在着收集着珍贵汉书的"静嘉堂文库"。后者则更多地被称为"手文库"。

　　江户时代以来，可以放入袖袂的小开本书籍逐渐流行起来，被称为"袖珍本"。明治三十六年（1903年），富山房发行了小开本的丛书，起名"袖珍名著文库"。随后，明治四十四年（1911年），讲述战国时代的猿飞佐助和雾隐才藏系列故事的讲谈社"立川文库"发行出版。讲谈是日本民间艺术，以口语化的方式讲述历史故事的形式。而"立川文库"则是将讲谈收录成册集中出版的丛书，据统计，当时刊行量为200册左右。从那时起，文库就脱离了原本的释意，逐渐演变成了现在的类书集丛。

　　文库说法借鉴了日本出版业界的传统说法。而千本樱源自日本奈良县吉野山樱花盛开的奇景，世人皆称"一目千本樱"来形容樱花美景。千本樱文库的纳入作品皆为日系作品，题材包括推理、悬疑、幻想、青春、文化等类型，正如千本樱满山盛开的绝景。

现代日本，以"文库"命名刊行的丛书系列有 200 种以上，所谓"文库本"只不过是统称而已。日本传统的"文库本"常用的是 A6 尺寸的 148mm×105mm，也叫"A6 判"。千本樱文库的所有书籍将在"文库本"的基础上提升，达到 148mm×210mm 的开本标准。追求还原的前提下，力图带给读者更清晰的阅读体验。

明治维新以来，日本文坛迎来了爆发期，涌现出了众多文豪级的作家。受到许多名作的影响，日本的出版社也从中受益，得到了突破性的发展。各家出版社为了传承文化、加强创新，纷纷设立了"文学新人奖"，用以发掘年轻作家。"NOVEL 大奖"是 1983 年由集英社主办的公募文学奖，主要以同社的"Cobalt 文库"以及"ORANGE 文库"的读者为对象，向社会募集优秀作品。投稿作品类型不限，给予作者广阔的创作空间。

青木祐子 2002 年凭借《我的摩托车》获得第 33 届"NOVEL 大奖"，由此走入了大众的视野。本作《这个不可以报销》是青木祐子创作的最新系列作品，全文通过财务部员工森若沙名子的日常工作内容，向读者展示了职场内部的人情百态。根据原作改编的同名电视剧，令书中的人物形象更加丰满有趣。这是一本真实而又轻松的职场小说，还请读者尽情享受。

千本樱文库编辑部

《巫女馆的密室》  本格 《美浓牛》

《圣女的毒杯》 《少年检阅官》

《哲学家的密室》 《宛如碧风吹过》

《衣更月一族》

《推理要在早餐时》  日常 《午夜零点的灰姑娘》

《会错意的冬日》 《谷中复古相机店的日常之谜》

《喜鹊的计谋》

《电子脑叶》  科幻 《巴比伦》

《复写》 《里世界郊游》

《蒸汽歌剧》

《千年图书馆》  悬疑 《恶意的兔子》

《鲁邦的女儿》 《癌症消失的陷阱》

《狂乱连锁》 《沉默的声音》

《神的标价》 《死之泉》

《戏言系列》  轻文芸 《天久鹰央的事件病历表》

《忘却侦探系列》 《吹响吧!上低音号》

《弹丸论破雾切》 《宝石商人理查德的谜鉴定》

《这个不可以报销》

目录

C O N T E N T S

第一话

我没有错 *001*

第二话

亲手做的也 OK *041*

第三话

真命天子巧克力不能给你，但可以
给你友谊巧克力 *087*

第四话

如果正义不能取胜，那坚持正义
还有什么意义 *149*

后 记

樱花树下的真夕 *189*

·森若沙名子·

财务部员工，进入公司 6 年，28 岁，单身时长等于年龄，
以恰到好处的完美生活状态为目标，座右铭是"不要追兔子"。

·佐佐木真夕·

财务部员工，25 岁，
十分热爱公司，但常因粗心大意而出错。

·山田太阳·

销售部的王牌，27 岁，对森若抱有好感。

·麻吹美华·

财务部的新员工，31 岁，座右铭是"公平、守法、双赢"。

·皆濑织子·

资深员工，自进入公司起便一直在宣传科工作，
至今已长达 15 年，且作为公司的门面而常在各大媒体露脸，已婚。

·有本玛莉娜·

董事秘书，34 岁，性格强势。

·田仓勇太郎·

财务部员工，进入公司 15 年，
性格中有神经质的一面，和高大体型并不相称，单身。

第一话

我没有错

"这样一来，就把'借出方'的信息输入完毕了。"

沙名子说完，美华却没有接话，只是点击了屏幕上显示的"确认"键。

现在是下午时分，沙名子正待在位于天天股份有限公司总部三楼的财务室内。她把自己的椅子拉到美华边上，教她公司财务软件的输入方法。

美华是财务部的新员工，和沙名子邻座，因此在她到岗的第一天，新发田部长就理所当然地叫沙名子将她不懂的东西都教给她。

沙名子也不是头一回教新进员工如何使用财务线上系统了，资深的勇太郎不喜欢处理那些琐碎的数字，而且他的性格也不适合带教新人，因此这最终都会变成沙名子的任务。

"点击这个按键之后，数据就会流转到新发田部长那里去，小额的案子到此就处理好了；等新发田部长确认完，已流转的数据就会从你的个人界面上消失。在出纳之前，所有数据都可以去财务部的历史页面上确认或撤回。"

美华听着沙名子的话，红唇抿成一线，不知是心情不悦还是她的表情一贯如此。

她有一头亮泽的黑发，金耳环的光芒在发丝间闪耀；她身着黑色的短款上衣、米色的无领女士衬衫与黑色的西服裙，细如丝线的金项链环着纤细的脖颈，非常合称。其实在"天天"，只要女员工们提出要求，公司就会派发制服给她们，不过美华似乎是不穿制服派的。

她今年三十一岁，比沙名子年长三岁，看样子并不打算和同事们搞好关系。同时，她那眼线浓重的妆容和个性强烈的表情在天天股份有限公司的女员工之中也显得有些格格不入。

"之后再怎么追踪发票的处理情况呢？"

"级别在主任及以上的人有查看权限。不过麻吹小姐你并没有得到授权，所以想了解后续时，只要跟我或者田仓先生说一下就可以了。"

"就是说森若小姐你有权限是吧？你是主任吗？可我听说你只有二十七岁。"

"我二十八岁了，是普通员工，但目前财务部里级别达到主任的只有新发田部长和田仓先生两人，所以我得到了特许。"

"哼……这可不公平。"

"我也这么觉得。"沙名子说道。

这完全不公平，虽说她理解这是出于业务需求，然而勇太郎和新发田部长都过于信任她了，也给予了她过度的权限。

责任与报酬是成套匹配的，要是作为特例而给普通员工加上了主任级别的责任，那么就该给到相应的津贴。而实际上，她虽然能多拿点奖金，不过数额等也全都是新发田部长自己决定的，标准不清不楚。

　　既然美华的准则是"公平"，那么沙名子非常希望她能盯着这件事不放——可结果对方的意见却与沙名子的预期完全相反："没错，森若小姐有权限，但我没有，这太奇怪了，我去和老大说说看，要求他同样授权给我。"

　　——"老大"是指新发田部长吗？美国电影里常有人这么说，不过真没想到会在公司听到这个称呼。

　　"麻吹小姐，你想要这个权限吗？"

　　"有了会比较好办事吧？"

　　"嗯，大概……"沙名子含糊地答道。

　　美华若是愿把她的活给拿去，那可真是让她感激不尽。不过初来乍到就突然要求开通财务系统权限的话，就算是新发田部长估计也会起戒心的。

　　——又没钱拿，却只想揽责任上身，怎么会有人这么异想天开。

　　——反正你没有权限，遇事只需完全扔给能处理的人就得了。

　　沙名子将视线移回电脑屏幕上。

　　"我们需要在单据上盖章，然后放到部长桌上的'待办'文件盒里。等新发田部长结算完后，再请你把它们都按部门分别放入相应的文件夹。但部长很忙，会将单据积攒着一起处理，建议在离截止期还剩三天左右时催催他。你有在工作上使用的印章吗？要是没有，可以去订一个，在印章做好之前先用签名顶着。"

"请稍等，你说'文件夹'，所以我们用到的是纸质文件吗？难道要在打印出来的文件上盖章？"

"是啊，各个部门都需要在线上申请的同时提交纸质版的表单、发票。"

"这不是浪费吗？线上版和纸质版完全一样啊，我不明白特地打印出来有什么意义，一旦发生文件遗失等问题，出错的概率也会上升，反正我认为只要在线申请就够了。还有，说到印章啊——"

美华稍稍拔高了音量，坐在桌对面的勇太郎飞快地抬了一下头。

"这些都是规定。"

"森若小姐你是无条件遵从规定的人吗？我以为现在已经是无纸化的时代了，请款书也好，发票也好，都通过数据来传递即可。"

美华答得非常迅速，立刻就把握住了沙名子还没说出口的事项，并且对心中存疑的地方进行了反驳，不像那些刚大学毕业的新员工，不管沙名子教多少次他们都没法理解，还反复犯同样的错误。

再加上美华指出的问题还都在点上，这就很麻烦了。

"这是有理由的。文件夹就摆在这个架子上，按时间顺序排列，之后请你翻阅一下。"

"反正可以在线上检索，那么——再占架子在我看来就是浪费。到底为什么非要留下打印件呢？"

勇太郎再次抬起眼，似乎带了些怒意，像是在想一个新人居然如此任性；对面的真夕虽然正在低头忙活工作，不过八成也支着耳朵听她俩对话；而新发田部长则开会去了，不在办公室里。

沙名子打消了打个哈哈混过去的念头，重新看向美华，说道："天天股份有限公司是一家生产肥皂和泡澡粉的老字号企业，不采取无纸化经营管理的理由之一是——我们有很多老客户是小型温泉旅馆和小药房，对方并不习惯线上操作，有些客户那里甚至还没通网。销售部或开发部跑到那里去的时候，就要用手写的发票和他们开展业务。"

"那就开发一套单机系统，再把便携式的打印机带上呢？"

"还有第二个理由——就是备份。假如只把数据储存在线上，那么一旦服务器宕机就全完了。"

"但是——"

"当然，我们有镜像网站做备份，可万一出现突发情况，还是没法立马处理的。接下来就是第三个理由——在处理发票时，员工和财务人员会面对面交谈。一打照面，我们就可以从他们的表情中看到数字无法体现的情报。"

"这也太——"

"其中或许有很情绪化的要素在，不过这是公司的文化，也可以说是规矩，员工们从以前开始就会带着手写的请款书来财务室。如果你不能接受这种做法，那我也很抱歉，但是眼下只能请你照做。"

沙名子之所以能解释得如此流畅，是因为她也和勇太郎、新发田部长聊过这件事。

在财务部内部，勇太郎和公司传统保持一致，采取老派做法，不爱用电脑，而沙名子则支持在线作业——她与美华持有相同意见，认为和销售部的同事们当面交接发票就是在瞎费工夫。

但她在征询了勇太郎的意见之后，便理解了现状。说到底，这就是公司的文化，换言之，是公司的"规矩"。说不上是好是坏，反正她所在的天天股份有限公司是家很感性的公司。像是使用老款的肥皂，还有靠温泉泡澡粉来松弛身心等，全都处于"合理思考"的对立面。

"总之，我们有很多乡下的客户，公司的高层也都上了年纪，因此不能实现'无纸化'。毕竟对他们而言，只有相互见面并在手边留下纸质凭证才能放心，是吗？"

尽管美华为人过于直率，但果然很聪明。

"留件方式还是因人而异的，各不相同。"

"应该去改变这种局面，不是吗？"

"或许是该改改。"

"可我的观点才是正确的啊，我听说天天股份有限公司有意进军海外市场，那么现在必须进行改革，不然可就落后了。"

"考虑改革不在我的工作范围内。请你在用完文件之后把它们放回架子上去。现金在保险箱里，你有现金管理经验吗？"

"没有。在'莫里斯'，所有款项都划账，这是理所当然的操作啊。"

"我想也是。"沙名子在心中默念道。

美华有一双玉手，她的短款上衣看起来非常高级，袖口毫无污渍，左手佩戴着一枚金色的机械腕表和一只时尚的指环，指甲留得不长，但做了玫瑰红色的光疗美甲。

看着将自身保养得无微不至的女性，着实令人感到舒心。尽管为了保持这种状态就不得不戴上黑袖套和橡胶指套。

"那么就等你熟悉之后再开始管理现金好了。如果需要提现金，请告诉我。保险箱的钥匙在部长那里，他不在的话，代管人依次是田仓先生、我、真夕。"

"森若小姐！"

一个声音打破了眼前略显沉重的氛围，沙名子一下子松了口气。但当她意识到来人是山田太阳时，又感到一阵烦躁。

太阳是销售部的员工，今年二十七岁，不知是否该说他不懂看人眼色，反正他那份毫无必要的开朗总让人难以应付。而且他偏偏还在这时候出现！

"请给我批款！虽然是很早之前就该来报销的啦，但现在申请应该还赶得上下一批打款，内容是例行招待。"

"太阳哥，我这就来处理。"

真夕迅速答道，不过美华还是开口了，像是要拦住真夕似的。

"没事，现在正好有实践机会，就让我来办吧。你是销售部的同事吗？请多指教。我好像还没和你打过招呼，我是财务部的新员工麻吹美华。"

美华轻轻起身，微微鞠躬示意。

"果然是新员工，我们还是第一次见呢！碰巧过来一次真是来对了！请多指教，我是山田太阳！其实我听说过你，但真没想到本人那么漂亮！早知道我就该带名片过来啊！"

沙名子在内心连骂太阳说谎。

他才不是碰巧过来呢，去年圣诞节和沙名子见面的时候，听她说财务部来了一位新员工，这下不就兴致勃勃地用双眼来探索对方到底是个什么样的人了吗？肯定是专门挑美华在场的时候过来的！

沙名子回想着自己第一次见到太阳时聊了些什么，却完全记不起来。不过他肯定没说自己长得漂亮。

"大家是同一家公司的同事，不必发名片吧？"

美华干脆地说道，随后用自己的名字重新登录了财务软件。

她确认完太阳递来的单据，在和发票做比对时停下了手。

"山田先生，这是什么意思？"美华看向太阳问道。

她的指缝间露出了一截发票，沙名子只扫了一眼，就用手扶住了额头。

金额是一千八百日元，但在明细栏填的却是"狗粮费"。

——所以我才不喜欢帮他办报销啊，都说多少次了，叫他别这么写！

——他是故意的吗？会吗？想试探财务部可以容忍他到什么地步吗？他对我也是采取这种策略吗？

太阳没事人似的看着美华，沙名子硬是忍住了，什么都没说，美华一个回头，斩钉截铁地说道："这个不可以报销。"

"因为沙名子小姐你总是直接就放我过关了嘛。"

太阳坐在沙名子面前，用勺子把挂在杯壁上的糖浆和杯中的蜂蜜欧蕾咖啡搅匀。

沙名子七点时赶到了他们见面的老地方——罗多伦咖啡。她稍稍迟到了一些，太阳已经在店里等了，正满脸喜悦地吃着牛奶千层派。

他穿着西装喝咖啡的样子还真像个完工归来的商务人士。

——这人为什么才一天工夫就能把衬衫和领带都穿得皱皱巴巴的？

"我知道详情，所以当场就会帮你改了，但麻吹小姐比我还要严格，不认真写清楚是没法通过的哦。"

"可狗粮就是狗粮啊，写'给狗的礼品费'也不怎么像话呀。"

太阳的客户里，有一位爱狗人士，前几天好像还大清早地叫太阳陪他去遛狗。

这个节骨眼上，太阳是无法拒绝的。受邀后无论如何都要陪同前往。因为他为人亲和力强，又很得年长人士的欢心，而且他本人也明白这一点，和那位爱狗人士见面时很周到地带上了礼物，是最近流行的狗狗专享小点心。

能够得到客户的青睐，对销售人员来说是件好事，再加上公司曾向对方建议过与宠物相关的工作提案，沙名子认为这些赠礼也并不会白费，只是太阳的填报方式实在有问题。

然而美华在头一次收到发票时，就说出了沙名子进公司以来一直如鲠在喉却始终强忍着没有说出口的话……

幸好她是对太阳说的，只不过语言终归是种武器，很多人只听表达方式就会爆发，而不论讲话内容；更别说她这样一个半路招聘进来的新员工了，应该尤其注意措辞。沙名子认为好不容易都让人感觉到善意了，那老老实实忍到习惯于种种怪象才是上策。

这次沙名子进行了支援，最终没有闹出大事来，可她还是有种不好的预感——她觉得美华可能会是个"惹祸精"。其实，工作上的事，她愿知无不言，只希望不要把她卷入人际纠纷之中。

"总会习惯的，我觉得麻吹小姐意外是个好人欸。"

"为什么这么想？"

"因为我一直喜欢带女王气质的女孩子嘛。"

沙名子无法接话。

——之前太阳挨了美华的训却毫不在意，我觉得他经受挫折的能力很强，不过他难道也是这么看待我的？

这么说来，他似乎很讨那些强势、可靠的女性喜欢，他的后辈希梨香也好，他的客户曾根崎梅莉也好，都是很坚毅的人。

但要是可能，她并不愿去想自己也是其中一员。

太阳等到沙名子喝完红茶，再把空杯统一收到托盘上，和平时一样去了餐具返还点。他能自然自觉地做出这些举动，真是个好男人，只不过一想到他这可能是在为"女王大人"服务，沙名子的心情便有些复杂。

"我来拿！"

"没事，很轻的。"

一离开咖啡店，太阳就将手伸向沙名子随身带来的纸袋，而沙名子摇了摇头，因为太阳的商务包看起来更重。

今天她在赴太阳的约之前先去了站前大厦的商铺里看了看，发现一件蓝灰色的针织衫，非常漂亮，胸前还缀有宝石，充满女人味。由于时间紧张，她一时冲动，没有试穿就把它买了下来。

"沙名子小姐你买衣服了？真难得啊。"

"在打折，我路过看到就买了。"

"太好了。圣诞节时你穿的连衣裙也很可爱。因为你平时在公司里都是一身制服嘛，看到你穿自己的便服我总觉得又新鲜又好看。"

——噢噢……

装衣服的纸袋是水蓝色的，沙名子紧紧握住了提手。

语言就是武器，而太阳身为销售人员，嘴巴又特别甜，沙名子心想自己可不能上当了。

"谢谢夸奖。"

"哎呀哎呀，那我们去吃饭吧？就上之前去过的那家鱼很好吃的店怎么样？我还想稍微喝点酒欸。"

"好呀，不过我喝不了太多。"

"没事没事，就算醉了我也会照顾好你的！"太阳重新把公文包往肩上提了提，随后看着沙名子笑了，"能和沙名子小姐在一起，我真是太开心了。"

……

沙名子一时间答不上话来。

在拥挤的人潮中，她和太阳两人认真地对视着，随即又别开了视线。

——好蠢哦。太阳是个笨蛋，但我这么简单就信了他，真是比他更没药救。

森若沙名子今年二十八岁，人生中第一位男朋友居然是这样的家伙，这样下去没问题吗？真的没问题吗？

但他俩并肩而行时，沙名子又确实觉得太阳非常可靠，令人安心。

——也就是说，我们正式开始交往了是吗……

休息日过去了。周一早晨，沙名子穿过车站的闸机口，往公司走去。她的心情有些忧郁。

和所有上班工作的人一样，她并不喜欢周一。最近这种情绪尤甚。昨晚——也就是周日的晚上，她按常规给自己新涂上米色的指甲油，擦亮皮鞋，把从干洗店取回的制服装入纸袋。可她在做着这些事的同时却怎么都没法顺利地将情绪调整过来。

也许是因为最近没什么特别想看的电影。按说她的周末是该以"一边保养指甲和肌肤,一边看电影,随后早早睡觉"来收尾的。

然而她已经认命,没电影看就没有吧,大概只能找外国连续剧看了。

既然下了决心,那么必须立刻开始收集相关情报。她在电车上查了《纸牌屋》《绝命毒师》《冰血暴》三部剧集中哪部最好,但却未能得出结论。

太阳好像不怎么看电影。之前他邀沙名子去看《星球大战》,沙名子立刻就兴致勃勃的,但在对话中发现太阳并不知道"千年隼号"[1],于是只好拒绝。

她并不是那些和他谈生意的大人物,也不喜欢他陪自己去做他本人不感兴趣的事。

——反正就是这样,不管我在想什么,结果都会绕回到太阳身上去,太让人郁闷了。

天天股份有限公司的四角形大楼映入眼帘,沙名子从包的内侧袋中取出员工证,并看向手表确认了时间。公司规定八点四十分到岗,但她因为要换员工制服,会在八点二十分时就赶到。

她已经不再挣扎了——她确实喜欢上了太阳。尽管她不清楚该在什么时候把他从"朋友"升级成"男朋友",不过没想到这个问题在

---

1 "千年隼号(Millennium Falcon)"是《星球大战》系列作品中的一艘宇宙飞船。——译者注

圣诞节时得到了解决。

去年圣诞时分，她和太阳走在东京湾跨海公路的停车场里，却遇到了太阳大学时的朋友。

事出偶然，他俩听到有人在叫太阳，便停下了脚步，只见对方是一对男女，其中女方还问沙名子是不是太阳的女朋友。

那是位开朗又可爱的姑娘，确实像是太阳会交的朋友。

"嗯——这个嘛，差不多……算是吧？"

太阳含糊地答道，同时看向沙名子。

沙名子没有否定，虽然她当场说一句"是的"或许会更好。

"咦！太好了！是你公司的同事吗？到底是太阳，果然不会有空窗期！你女朋友好漂亮！年纪比你大吧？怎么好上的？恭喜你呀！"

"树菜，走了，别打扰人家。"

身边的男性把她拖走了，太阳又一次看向沙名子，不过沙名子装不知道——她也只能做到这一步了。

总之，沙名子就这样成了太阳的"女朋友"。

当时他心情愉快了一整天，一副比平日里更不得了的样子。

——唉，算了。

就这样"成了"也挺好的，虽然不知道太阳怎么就当上了她的男友，也不知道太阳为何会选她，但这种事多想无益，所以就先搁着别理吧。

沙名子进入公司，发现更衣室里已经有几人在场。

每位员工都有一只更衣柜，总有些人常常用到它们，而有些人则相反。制服派每天都需要更衣柜，不穿制服的女同事们也会把外套和带来的东西放在里头，或在下班后过来换一身休闲服。

"森若小姐，早啊。"

"早。"

在踏入更衣室的瞬间，沙名子便感到几股视线向她射来。她有种不好的预感。

希梨香坐在沙发上补妆，她是策划科的一员，和真夕同一批进入公司。

而总务部的横山窗花和平松由香利就在她身边。

这两人均是文职人员，平时都把工作完成得无可挑剔。窗花穿着一条轻飘飘的连衣裙，由香利身着制服，正对着镜子梳头发。

"森若姐，那'母老虎'有点过分了吧？"

沙名子换完制服，将便当盒和钱包装到在公司里用的小包中，希梨香则过来向她搭话。

"'母老虎'？"

"哦，就是麻吹美华小姐，刚刚还待在这里呢。她不是净穿黑色嘛，外套也是黑的，耳朵上挂着很大的圈型耳环，还戴着个金胸针，是为了显示自己以前在外企工作吗？黑色配金色可不就是老虎的颜色吗？'母老虎'美华！"

"母老虎"美华——沙名子想起了美华动不动就气势汹汹的样

子，差点没笑喷出来，赶紧收敛了表情。

跟希梨香说话时千万要多加注意，她那些"歹毒"的言论太搞笑了，让人一不小心就想表示赞同，但要是一时糊涂顺着她说下去，便会被卷入女人们的派系斗争之中。

"她才刚进公司，可能还没适应。"

"才不是啊，她对窗花姐说了很过分的话，志保小姐倒是听得开心。"

"这可真不容易，我们还是要继续努力。差不多该开工了。"

话一说完，沙名子便迅速离开了更衣室，但要是和她们搭同一部电梯就麻烦了，所以她决定改走楼梯。

沙名子踏上楼梯，却感觉到由香利就跟在她身后。

由香利所属的总务部和财务部都在三楼，她似乎是追着沙名子而来。

她比沙名子年长一轮，沙名子本以为她和希梨香不同，是个话少的人——可莫非连她也想来说美华的不是吗？

沙名子提起了戒备，由香利和她并肩而行，悄悄说道："森若小姐，'新干线'很不错哦。"

沙名子看向她——只见她也和自己一样穿着蓝色的员工制服。

她的发型变了，剪成了短发，清清爽爽，发色也从栗色改成了黑色。

"新干线？你要出差吗？"

"不，我是在说电影，那部《新感染：Final Express》。"[1]

沙名子略一思考，随即明白了过来。

"哦，你说《新感染》啊，是丧尸题材的电影，对吧？我还没看，很精彩吗？"

"相当精彩，我是去电影院看的。"

她们已经到了三楼。由香利说完，还用力地对沙名子竖起了右手大拇指，然后朝总务部走去。

看着由香利离开的背影，沙名子不知为何很想笑。

说起来，由香利的兴趣就是观影，虽然她附和着希梨香和窗花，可实际上对美华的事才不感兴趣吧。她突然跑来聊电影，沙名子吓了一跳，不过心情也着实轻松了一些。

"勇哥好像有点不爽。"

下午，沙名子正在工作，外出归来的真夕悄悄凑到沙名子身旁，对她耳语道。

真夕手里拿着咖啡，是她在办事回来的途中顺便去买的。

"勇哥怎么了？"

1　"《新感染：Final Express》"即韩国丧尸题材电影《釜山行》，日本在引进时将片名进行了改动，读音和"新干线"相同。而"新干线"是日本的高速铁路系统，也是全世界第一个投入商业运营的高速铁路系统。——译者注

"因为那个'母老虎'呗，勇哥正在会议室里给她讲解我们部门的工作，我路过那里，听到有声音从里面传出来，好像是他被'母老虎'回嘴回得太多，有些生气了。"

"'母老虎'……"

沙名子其实很想说，不管美华为人多有攻击性，用这种花名去给她定性还是不太合适。这应该是希梨香给起的诨号，由于太过贴切，甚至连沙名子都想跟着用了。

天天股份有限公司三楼有一个小房间，里头摆着一张四人桌，可供人简单商量点事。虽说也算是间"会议室"，实质上就是一小块用隔板圈出来的地盘，大家路过时还能往里头张望几眼。

勇太郎想集中精神工作时就会跑到那里去干活，现在则应该是在里面对美华讲解财务部的业务。于是真夕便偷偷去看了一眼。

"勇哥虽然脾气不太好，不过他以前参加过运动类社团，对吧？所以我原本想过，如果新人是个男的可能更好。可以说他是不太认可女性吗？反正他应该不喜欢被反驳吧。"

"是吗？我没这种感觉欸。"

"毕竟是森若姐你嘛，大家都很认可你。"

真夕喝着咖啡，是从7-11买的，看来她今天不是特别忙碌。

"大家对麻吹小姐的评价好像不怎么样？"

财务室现在只有她俩，沙名子便谨慎地向真夕提问。

在她看来，勇太郎虽然冷淡，然而并不死板，是一名优秀的财务人员。要是他真生气了，那么美华身上肯定存在问题。

"唉，不是很好呢。森若姐你也知道那件事吧？"

"哪件事？你说窗花小姐的事吗？"

听沙名子这么说，真夕压低了声音，尽管财务室里没有别人。

"不是啦，是希梨香的事，你没听说吗？其实呢……'母老虎'在更衣室里当着大家的面，对希梨香说'我没觉得你很男孩子气'。"

"哎哟……"

沙名子忍不住出声。

希梨香总说自己很"男孩子气""森若姐就很有女人味"。沙名子不太清楚她这话是什么意思，但总觉得好像"有女人味"是占便宜，而"男孩子气"则吃了亏似的。

不过搞不清楚也没事，反正这只是希梨香的口头禅，没什么大不了的，沙名子才不会去管，真夕八成也是这个态度。

——居然直接对着希梨香本人说那些话。

"希梨香气死了，我也吓了一大跳。"

真夕的口气很是严肃，嘴角却忍不住露出一丝苦笑。

沙名子愣住了，她明白真夕的感受。

——麻吹美华在想什么？即使再想说，总有些话是不说为妙的啊。哪怕大家都抱着相同的观点。

——才刚进公司就到处树敌是想怎样？

——虽说没必要硬充友善，可也不能让人丧失信赖感啊。被人讨厌就和过分亲密一样会产生恶果，更何况希梨香还特别喜欢传闲话，对"自己人"照顾得很，可对"敌人"就毫不留情。

话虽如此，沙名子倒也没有亲切到特地去告诉别人这些道理，怎奈美华和她在同一个部门，而且还是邻座，不能说是陌路人，这令她感到头痛。

"唉，希梨香啊——反正就那个了嘛——"

真夕好像又继续说了些什么，沙名子思考一会儿之后，下了决心。

"好，我直接去跟麻吹小姐说。"

——把话说开真的很傻，不过考虑到以后，还是尽早采取措施比较好。

既然谁都不肯直言不讳，那也只能由沙名子出马找美华本人谈谈了。

勇太郎有些神经质，希梨香相当于公司年轻女性里的领军人物，窗花对同事们的诸多关照对她本人而言也是有意义的——天天股份有限公司的员工们都有各自的偏好和小毛病，应付起来需要采用不同的模式。与其强制改变他们的行动，还不如把各种模式都提前记住来得轻松。

——入职久了，任谁都会意识到这些，然而麻吹小姐可能就是没有注意；又或者，外企的人际相处就是非常简单的，不用去考虑人情世故？要是那样的话，外企员工可真是太幸福了。

真夕拿着咖啡，继续嘟囔着，沙名子则站起身来。

——既然决定要这么做，那么就得考虑方法和时机。

——按麻吹小姐的性格来看，从工作注意事项的角度去说应该比若无其事地闲聊更为奏效。而且要尽可能不去伤害她的自尊心，总不能让她对我都产生反感。

沙名子正在泡红茶，这时勇太郎和美华回到了财务室。

勇太郎绷着脸，美华看起来也同样不高兴，似乎真如真夕所说，勇太郎对美华发了脾气。

美华今天穿着黑色的衬衫和半身裙，戴着金色的长款项链。尽管没有西装外套，但她的着装还是以黑色为主。长筒丝袜也是黑色，皮带扣和大大的耳钉则都是金色的。

真夕一看到美华就有点慌乱，一边拿着咖啡一边悄悄地往自己的座位上走。美华转向她，开口道："真夕，我有件事想请教你。"

美华从第一天起就直呼真夕的名字了。

"找我吗？有、有什么事？"

真夕吓得瑟瑟发抖，明明刚刚还说人家是"母老虎"。

"你这杯咖啡是什么时候买的？"

真夕眨巴着眼睛，看看手里的纸杯，又看看美华。

"什么时候？就是刚才去邮局寄催款单的时候顺道买的……"

"我觉得你这么做不太好，这是在偷懒吧？"

沙名子伸向水壶的手停住了。

勇太郎原本正在架子前整理文件，闻言也一下子转过身来。

　　财务人员都是坐办公室的，不过有时也要外出办事，其中最常见的就是去邮局寄件以及跑银行，而且这两处都是步行可达。但就算只是去寄个信，也最好挑工作时间去，而非利用午餐时间或者回家路上顺便解决，不然万一忘了事，就可能造成麻烦。

　　真夕会在办事归来的途中买杯咖啡。平时是去便利店解决，当有烦心事或者说不定要加班很久的时候，她就选择超大杯的星巴克来给自己打气。可以说，"买咖啡"是真夕调节状态的开关。

　　她偶尔是会离开得过久，不过只要没有影响到工作，沙名子、勇太郎、新发田部长都会当没看到。因为真夕负责的工作需要很强大的毅力，而沙名子有时也会边走路边琢磨事，所以花上几分钟顺道买些喜欢的饮料点心来放松头脑、提升注意力其实也无妨。

　　勇太郎整理着文件，迅速经过美华身边，似乎是决心闭嘴不发话。沙名子也一样，往马克杯里扔了一个格雷伯爵茶的茶包，接着照例往杯中倒入热水。

　　"不是，我没有偷懒，我是去寄催款单，然后顺便买的。"

　　"我知道，但你是去工作的啊！回公司的路上顺道做其他事可不妥当。"

　　"这是在允许范围内的。"

　　"你并没有得到公司的正式批准吧？要喝咖啡的话，茶水间就有咖啡机，总务部的同事说其他部门的人也能用。既然如此，还有必要特地去外面买咖啡吗？"

"啊——那台咖啡机啊……我有时候会用，不过豆子都是总务部掏的钱，总不能老是喝别人家的呀。"

"那么就把咖啡豆算在每个部门的某个开销类目上好了，我们应该和总务部商量一下，然后规定清楚——这才是首先要考虑的问题哦！"

"可是……我也没这么想喝咖啡。"

"这不就更成问题了吗？毕竟你顺道去买东西的那几分钟也是带薪的。"

"话是这么说……"

"我是对的，不是吗？"

"但是……"

沙名子往杯中加入柠檬汁和砂糖，同时心想："真夕啊，没有什么'但是'。"

——这种时候，得先反驳了再说，不然就相当于默认了对方的说法。

——你就说这是你调节状态的方式，说一周也去不了几次，每次都只花个五分钟，而这样一来却能提升工作效率。

——像是在美国的办公室里，职场人士们就经常会喝外卖咖啡。真夕你总看过《时尚女魔头》吧？为了提升工作效率，人都不得不成为自己的秘书，为自己打点一切。

——总务部的咖啡机本来就是人家部长自掏腰包买的，而且买来之后还起了一波争执，没法轻松将它视作是"自己喜欢的饮料"了事。

——如果你的头脑没有这么灵活，那就说"森若姐有时候也会去买蔬菜汁啊，田仓先生在没活干的时候也会去会议室学习，为考证做准备"，这些事，你应该也都注意到了吧？要是这么说出来，那么我和勇哥也只能站在你那一边了。

可是真夕既不会在这种时候伶牙俐齿地反击，也不会去揭同事的老底，因为她性格正派，只会老实地闭着嘴，视线游移。

沙名子泡完红茶，端着马克杯回到了自己的座位上。真夕满脸为难，握着纸杯，低下了头，答道："知道了……我以后……会注意的。"

"这就好。"

美华仿佛胜利者般地说道，然后坐回到办公桌前。

她手中也拿着一只纸杯，那是总务部买来的物资。

勇太郎面带不悦地起身，看都不看美华和真夕，拂袖而出。

"森若小姐，你坐在麻吹小姐边上是吧？"

沙名子去了总务部，人事科的志保便凑上前来，眼睛闪闪发光。

"是啊。"

"麻吹小姐可真厉害啊，长得漂亮，头脑聪明，以前待过的都是好公司，也留过学，是个国际化的人才，还持有很多资格证。这么优秀的人居然到我们公司来了。"

沙名子目不转睛地看着志保的脸。

她说的应该都是真心话，这还是沙名子第一次听到有同事夸赞美华。

而且偏偏还是志保。

王村志保是人事科的女员工，为人很认死理，所以有一段时间和后勤科的窗花、策划科的希梨香处于对立关系。而且她对女同事们特别严苛，之前还用很严厉的口吻问沙名子为什么刻意穿制服，明明公司允许员工穿自己的便服。

她好像不喜欢花哨亮眼的人，所以沙名子没想到她会欣赏美华。

"她确实很出色……"

"是呀，虽然窗花小姐生气了，不过人家说那种话也是理所当然的，毕竟是窗花小姐不好。"

"麻吹小姐对窗花小姐说了什么吗？"

"她和我说了一样的话。销售部有位同事的衬衫扣子快掉了，窗花小姐帮忙给缝上了，麻吹小姐就说她这么做有什么意义。说得很对啊！"

志保笑了，话比平时多得多。她沉默时和兴奋地说个不停时，反差是极大的。

这就是所谓的"敌人的敌人即朋友"吗？志保和窗花关系不好，美华出声提醒窗花似乎让志保倍感舒畅。

"她好像还说啊——'这里是公司，穿得再利索点行吗？'唉，确实如此，窗花小姐和美华小姐同龄，差距可真大。说实话，我也是这么想的。"

"服装吗……"

窗花正好不在，沙名子不经意地看向她的办公桌。

她很喜欢带有少女风格的东西，桌上那只相架里放了吉娃娃的照片，纸巾盒上还缝了花边。而说到着装，她爱穿那些宽松又轻飘飘的半身裙，再配上短袜和平跟鞋。

不过这倒也称不上什么奇装异服。其实她同时备了公司制服和个人的便服，当有重要的客人来访时，就会换上制服，而后勤科有许多杂事，穿着西服裙和浅口皮鞋做事总归不太方便。

沙名子心想，如果自己这么说了，志保又会是什么态度呢？她对别人的着装那么纠结，其实是因为她毫不在意自己该如何打扮——她基本上都是黑裤子加素色衬衫，脸上几乎不带妆，用发夹把那头毫无光泽的头发夹拢了事，但这枚发夹已经是她全身唯一的饰品了。

美华的衣服看起来就很贵，也很时尚，不过配色只有黑金二色，倒是简单得很，这一点大概也能说是……和志保差不多吧。

"美华小姐对男性也很严格，那些会在男人面前改变态度的女人就很讨厌呢。该说她是从不卖弄风情吗？总之为人很独立自主，不愧是当过记者的人呀，不像希梨香小姐那样徒有其表。"

"麻吹小姐做过记者？"

"咦？我以为你知道。她之前在《NYF日报》的日本分部工作，她没有炫耀这段经历吗？"

"完全没有，我还以为她一直都从事财务工作，因为她很擅长处理数字。"

"美华小姐是中途改变目标的。她什么岗位都做得来。要是没有我们部长的介绍，这种人才怎么会来我们公司。"

"是新岛部长介绍进来的？"

"据说她上上家公司里有新岛部长的熟人。她过去一直都在外资企业工作，聪明人果然与众不同啊。"

"确实。"

不过沙名子还是觉得，把"外企员工"和"聪明"画等号太武断了。

志保崇拜着美华。她是人事科的员工，当然可以看到别人的简历，可她居然把毫不亲近的人夸到这份上，这跟她平时几近批判的态度相比，反而令人警惕。

沙名子有点想向美华打听一下她是怎么看待志保的。

"森若小姐，这份请款书好像有点问题。"

沙名子正在工作，美华从一旁靠过来找她说话。

美华翻开了历史文件。

"什么事？请说。"

沙名子停下了手里的活。

　　美华在文件上贴满了黏性便笺条。见此情景，沙名子真想指出——她明明说过要推行无纸化办公，结果还是看纸质文件看得那么顺溜。

　　"这里有些类目对不上，我想找你确认一下，看你是否知情。"

　　"我知道，每年都会有这种情况，所以就按惯例这样做下去了。"

　　"勇哥也是这么说的。"美华一边翻着文件一边说道，"我和几年前的资料做了对比，验证下来发现作为模板使用的填报表格好像设计错了。我现在正好有点时间，想和制造部、销售部的文职人员一起把它重做一遍，你看可以吗？"

　　"只要勇哥同意，我也没有意见。"

　　"可勇哥叫我来问森若小姐你的看法。"

　　"我觉得OK啊，正式着手之前麻烦你也跟真夕说一声就好。"

　　"真夕不负责请款书审核工作吧？"

　　"是的，但还是拜托你这么办，发邮件或者口头告知都行，我们这里凡事都会让全员知晓。"

　　"我去银行啦！"

　　真夕可能是发现矛头即将要指向自己，便迅速站起身来。

　　自从咖啡事件以来，真夕一直都躲着美华——这大概就是所谓的"惹不起也躲得起"。她往白板上写好自己外出办事的目的地，随后离开了财务室，临走时拿上了一只塑料文件袋，似乎不是她平时带出去的那只。而她平时带的文件袋里装有零钱和卡。

真夕走后，财务室陷入寂静。勇太郎和新发田部长也不在，这里只剩下沙名子和美华两人。

"我觉得你的做法不妥当。"沙名子小声说道。

"哪方面？"美华面对着电脑屏幕答话。

"在不涉及业务的时候，我认为你还是注意一下语气措辞比较好。"

"我说错什么了吗？"

"真夕没有偷懒，我有时候也会做同样的事，在全神贯注地进行长时间作业之后，必须适当放松。麻吹小姐你非常优秀，或许不需要调整状态，但你也明白人与人的能力存在差异吧？"

"要是这样，我觉得她应该把自己的想法说清楚。"

"人需要经过训练才能迅速地反驳，可职场并不是战场。"

"那就该训练啊，我就是把职场当战场的。"

"就算如你所说，那么最好让同事们都成为自己的战友呀。这样一来，工作也会开展得更顺利。你确实可以对同事和客户们实话实说，不过招致反感就不好了。"

美华停下了手。

她看向沙名子，随后缓缓地说道："我说啊，森若小姐，在我看来，有话就该敞开了讲。按你的处事风格，凡事忍耐、迎合别人可能比表达自己的意见更重要，然而这样是不会有任何进步的。"

"这就是你的信念吗？"

　　"是的，我一开始就说过，我坚持'公平、守法、双赢'。当然了，我也明白现实不会尽如人意，但我还是希望人人都尽量做正确的事，希望自己能贡献出力量，从小处开始改革，这样一来，未来与社会总会发生变化的。"美华说道。

　　——这就是她的做法吗？配合别人就是在忍耐吗？世人分明就各有各的毛病。

　　——她居然相信人是会改变的，她为人是有多好啊！

　　"麻吹小姐，你经常换工作是吗？"沙名子说道。

　　既然美华喜欢有话直说，沙名子决定如她所愿，直击她的痛处——就像她本人对待希梨香、窗花、真夕那样。

　　"谁都会换工作的。"美华带着坚定的眼神回答道。

　　"确实，不过'莫里斯'是家规模在三十人左右的贸易公司，你只在那里待了一年半，负责经理助理业务，可你大学刚毕业时不是想做记者吗？现实和你的目标真是大不同。"

　　"谁说我想做记者的，人事部那位小姐吗？"

　　"非常抱歉，总之我看了你刚参加工作时的《NYF日报》。也就是从九年前的资料看起，那里没有一篇报道的署名是你，只有几篇你与他人联名撰写的，而这也仅仅维持了两年左右。这就说明，你在《NYF日报》和'莫里斯'中间还做过其他工作吧？最后才由新岛部长介绍进了我们公司。"

　　"又是人事小姐说的？必须严肃地跟她谈一下了。"

"目标改变也是常有的事，我并不觉得这有什么不好的。麻吹小姐你的性格也很适合做财务工作。可还是很奇怪啊，你为什么不再坚持当记者了呢？像你这样的人明明就是会清楚地说出自己的意见，想着要去改变社会的，倒是做财务的却既没必要也没机会去发表意见呢。"美华好像想说什么，但沙名子止住了她，继续往下说，"麻吹小姐，只要和你相处一会儿就能明白你工作能力很强，你做的事全是对的，你的问题也都提得很有道理，更何况你原本还不是财务部门的，这让我非常惊讶，心想这大概就是所谓的'即战力'吧！"

"我决定要从事财务工作，所以当然得学啊，倒是做不来才有问题。"

"可即使如此，你还是没法在同一家公司待下去。这九年里你起码换了四家公司，哪怕撇除我们公司，你之前在每家公司也只工作三年。再说句冒犯的话，你的工作也不是越换越好，反倒称得上每况愈下，像我们天天股份有限公司就不过是一家中小型的本土制造型企业。

"理由你其实也明白吧？因为你处理不好人际关系，总是带着不必要的攻击性，不会好好说话，可这并不是因为你缺乏沟通和交流的能力啊。"

美华凝视着沙名子。

她大大的眼瞳里涌现着怒意。沙名子心想，希梨香听她说"我没觉得你很男孩子气"时，八成也是这种眼神吧。

终于，美华开了口，尽管脸上还残存着几分怒意："我待过五家公司，而且我不擅长和别人走得很近，不适合做记者，所以才放弃的。我言尽于此了，反正我没有错，也从不因为私人恩怨去说三道四，每次辞职都是做好交接才走的。"

沙名子很惊讶，美华居然毫不隐瞒地承认了自己的弱点，果然是个讲究公平的人。

"原来如此。"

"还有，我在第三家公司做了四年，就是'莫里斯'之前那家。那虽然是家小公司，但在那里工作很有价值，我适应得很好，之所以辞职并不是因为人际关系……不对，那也可以算是一种人际关系。"

"那你为什么辞职呢？"

"因为恋爱。"

——啊，我才不想听这方面的事啊。

沙名子觉得自己真不该问这问题。她有些沮丧，但话已出口，覆水难收。

美华还是单身。她在"莫里斯"工作了大约一年半，如果她是四月一日[1]前出生的，那么现在应该三十有一，照这么说，她在再前一家公司时应该是从二十岁的中段一直干到了三十岁，和现在的沙名子差

1　日本新学年从4月1日开始，4月1日起至次年3月31日出生的人被编入下一学年，因此沙名子通过这个假设，结合美华参加工作的时间点来推算她的真实年龄。——译者注

不多年纪。

"我觉得麻吹小姐意外是个好人欸。"太阳的话突然在沙名子脑中浮现。

"我可没打算连这些都告诉你啊。"

美华可能和沙名子一样觉得不妙，便把视线转移到了电脑屏幕上，看起来有些难为情。

"麻吹小姐，我不会对任何人多说废话，今天只是想给你一个忠告。不过我想你以前也被其他人提过建议，所以是我冒昧了。"

"谢谢你的忠告，你能把想法直接告诉我真是太好了。有你这样的人在，我也对这家公司刮目相看了。不过请让我继续按自己的方法去做事。"

美华冷静地对沙名子说完，又继续去工作了。

真夕回到财务室，擦除方才写在白板上的留言，然后抬头看了看钟，开始往马克杯里泡速溶咖啡。

沙名子准时进入会议室，此时除她以外的四人都已经打开了随身笔记簿或者笔记本电脑，正相互分发着打印件。

这是财务部每月一次的例会，用来汇报工作进展。之前一直都是他们全员四人去财务室旁的小型会议室里召开的，现在部门共有五人，他们便借用了四楼的会议室。大家都很守时，这真是幸事一桩。

"真夕，能麻烦你叫一下咖啡吗？"

新发田部长说着，同时把电话旁的天天咖啡菜单递了出去。

在部门内部会议上点咖啡可以算是比较正式了，或许是因为有新来的美华在。沙名子祈祷着接下来不要讨论太复杂的议题。

"你好，请给我两杯热咖啡……我要欧蕾咖啡，森若姐是红茶对吧，加牛奶还是柠檬呀？"

真夕一边握着电话听筒一边说着，尽管美华才是后辈，但真夕还是理所当然般地做着杂务。

"请帮我点热的皇家奶茶。"

"麻吹小姐呢？"

"卡布奇诺。"美华毫不客气地说道。

"那么……现在麻吹也加入我们部门了，在咖啡送来之前，大家先闲聊一下怎么样？"

真夕打电话时，新发田部长开口了。

在闲聊前提议闲聊，这就是新发田部长的行事作风。

美华到岗之后，新发田并没有什么变化，但他应该也听说了别人是如何评价她的；外加上他发现部门氛围中透着一股紧张，搞不好今天特地借用会议室就是为了这件事。

"聊什么呢？让我对大家说说自己的意见吗？"

美华语气有些强硬。她察觉到新发田在处理她的问题，已然起了戒心。不过即使对新发田摆出一副气势汹汹的样子，实际上也是无济于事的。

"麻吹，如果你有问题当然可以说啊。大家的想法都不一样嘛。像是请款书该怎么写之类的，吉村部长就很啰唆，我也不知道该怎么回答才好，阿勇你有什么建议吗？"

新发田部长还是一如既往，不紧不慢地说道。

"问我吗？"

他把话题甩给勇太郎，后者一脸嫌烦地抬起了头。

"吉村部长说的是请款书的填报表格吧？我也发现了，有些请款书上的类目和实际情况不相符。就算能跟最后的总请款书对上，表单类目也还是该和实际情况相吻合才对。"

"你的意思是，按麻吹的说法操作比较妥当咯？"新发田部长微微眯起了眼睛，说道。

"是的，麻吹小姐提出了问题，我觉得这正好是个重新考虑一下对策的机会。"

"是吗？但我们一直以来的做法也没有问题啊。"

"只是审计没有指出罢了，可我们有朝一日总得修正的。我还有日常业务，干不了这事，要是麻吹小姐能负责那就太感谢了。请做好核对。如果有必要说服销售部，那我会出面的。"

勇太郎淡淡地说道，声音中并没有怒意，感觉已经不在气头上了。

美华认真地听着，现场虽然不是闲谈的氛围，不过看得出她还是松了一口气。

"这样啊……我明白了。森若你呢？有什么想说的吗？小事也尽管说。"新发田部长对沙名子说道。

"我前几天已经单独对麻吹小姐表达过自己的想法了，现在没什么想说的。"沙名子答道。

新发田部长看起来有些扫兴，过了一会儿又重新发问了："工作方面呢？麻吹应该还没习惯吧？如果有什么不明白的就趁现在提出好了。还有什么更衣室啦，咖啡啦之类的，机会难得，随便说说呗。"

"现在确实没有需要讨论的。等做决算时或许会出现问题，不过我想到时候再处理即可。" 说完，沙名子又突然想起了什么，紧接着补充了一句，"麻吹小姐非常优秀，很靠得住。在帮我分担发票处理的工作时，她的正确性给了我很大支持，我希望以后也可以一直和她相互配合，共事下去。"

美华看牢了沙名子，金色的耳环轻轻摇曳。

新发田部长看向美华，继续道："麻吹你怎么说？"

"我没什么要说的，因为我一旦有想法都会直接讲出来，但愿大家也能这么做。"

"我有些话想说！"

真夕发话，感觉快要把美华的声音盖过去了。

"我……我有时候会在去邮局办事后顺便买杯咖啡回来……之前麻吹小姐也指出过。"真夕的右手握紧了圆珠笔，挤出声继续往下说，"我也明白从工作角度来看这样不好，但我没有偷懒，我都是边走路边思考的，有活要干的时候也会尽快赶回来。我最近在财务室冲了速溶咖啡试试，结果发现花费的时间和我买一杯咖啡差不多，如果这样也行不通，那么我在买咖啡的当天，下班后就义务加一会儿班吧……"

——真夕应该也是按自己的方式思考过了。

沙名子有些感动。真夕平时几乎不在会议上发言。她这番话虽然和工作毫无关系，可是她已经努力了。外卖咖啡对她来说居然有这么重要。

"算了，没关系，反正销售部的人也老去吸烟点偷懒。"新发田部长爽快地说道。

美华却突然目光炯炯。

"吸烟点？这家公司现在还有吸烟点？简直和社会风潮背道而驰啊！"

"哎，这个嘛……"

"麻吹小姐你别介意，我们部门没人抽烟。"

沙名子察觉不妙，迅速发话，打算堵住美华的嘴。而就在这时，有人敲响了会议室的大门："你们好，我是天天咖啡的。"

在天天咖啡打工的女学生走了进来，她也是大家的老熟人了。

沙名子松了一口气，大概总有那么几个词语会踩中美华的雷区，而她又易怒，因此自己必须多加注意。

那个女学生把饮料放在桌上便离开了。总之，真夕买咖啡的问题应该也能慢慢解决，真是万幸——沙名子如此想道。美华则当着她的面拿起肉桂棒，咬了一口。

见此情景，正准备端起皇家奶茶的沙名子顿住了手。

她怀疑过是不是卡布奇诺还搭配了点心，可美华在吃的确实是肉桂棒啊，而且似乎很硬，美华用力才咬下一块。

等回过神来，沙名子发现真夕也呆住了，只是愣愣地握着她那杯欧蕾咖啡；还有和美华邻座的勇太郎和坐在窗边的新发田部长亦瞧住了当事人，看起来非常吃惊。

"美……美华姐……那个还是别吃了吧？"真夕怯生生地说道。

"没这回事，我这是正确的吃法哦。"

美华啃着肉桂棒坚硬的树皮，答得斩钉截铁。[1]

场面陷入一片寂静，几秒后，新发田部长说话了："那么，会议开始。"

"好的。"

"从我开始吧，我要说一下三月的决算日程安排。"

勇太郎接过话题，开始开会。

"我觉得……不是这么吃的……"

真夕小声嘟囔着，声音细不可闻，然而却没有人表示赞同。毕竟勇太郎、新发田部长和沙名子都不喜欢麻烦的事。

---

1 "肉桂"是肉桂树树皮制成的香料，风味独特，"肉桂棒"是内卷的树皮条，可搭配卡布奇诺，一般使用方法是用肉桂棒搅拌卡布奇诺以增香。——译者注

美华"嘎吱嘎吱"地啃食着肉桂棒的声音，和敲键盘、翻笔记簿子的声音合成一片，在会议室中响起。

沙名子用随身笔记簿子记录着新日程，同时思考着，这是怎么回事？哪怕肉桂棒不好吃也照吃不误吗？——所谓"正义"，是能够如此简单干脆就下断言的吗？

她有那么一点点想笑。

第二话
亲手做的也 OK

"森若小姐你用天天肥皂吗？"

铃木和勇太郎聊完之后，仿佛想起了什么似的向沙名子搭话，把她吓了一跳。

这位铃木宇宙先生是制造部的主任，享受科长待遇，现年三十三岁，平时都在位于静冈的工厂上班，每个月来总公司一两次。

他在去年夏天帮沙名子恢复了已删除的邮件，是个戴眼镜的瘦高男人，穿起生产人员的白色工装要比穿西装更为合适。

"啊——我在家会用，不过用得不多。"沙名子回答得很模糊。

她在家会用法国生产的有机肥皂，洗面奶则是百货专柜有售的护肤系列产品之一，她最近很中意这个系列。

尽管她觉得天天肥皂品质很好，不过还是希望自己的居家生活别和公司扯上什么关系，但这些话可不能对铃木说起。毕竟制皂科有这么一句标语：天天肥皂是天天股份有限公司的主力产品，是一百日元的价位里品质最好的肥皂。

"我们全家都在用哦！洗脸洗澡都靠它，真是超好用！"

沙名子原本还在思考如何辩解，说些诸如"我老家常备天天肥皂，现在我自己住，也一直囤货，用来洗手，或者在百货公司买的肥皂用完时拿它们顶上，所以平时确实在使用"之类的话时，真夕就插嘴了。

沙名子松了口气，每逢这种时候她都会庆幸，幸好真夕喜欢聊天。

"是吗？都用什么款的，基础款吗？"铃木问真夕。

"基础款我都在'员工八折优惠日'统一购买，还会买'滋润天国'的化妆品，如果有新产品那就每个都来一盒试试。反正出新产品的时候后勤科的窗花姐会发邮件告诉我们。"

"最近用下来觉得哪个产品好？"

坐在沙名子邻座的美华飞快地瞥了一眼铃木。

只见他为了配合真夕的身高，躬着身与她交谈；他的眼睛是单眼皮，形状狭长，正在镜片后闪着严肃而认真的光辉。

真夕好像意识到了现在已经不是闲聊，而是在讨论工作上的话题，于是表情也稍稍有所改变。

"这个嘛——去年春天推出的樱花款就不错，起泡量大，我一直回购，现在也在用。比起基础款的清爽型，我更喜欢樱花款，我朋友也说好用。"

"柚子款呢？"

"这款就一般了，虽然加上了柚子香味，不过用起来和基础款的保湿型没什么区别。在保湿型和清爽型之间，我比较倾向于清爽型。"

"那么温泉皂怎么样？虽然去年秋天刚出。"

铃木已经彻底从随便聊聊变成咨询感想了。真夕不再操作电脑，略微沉思了一会儿，答道："嗯……我很喜欢它的香味，泡澡粉用起来非常暖身，尤其是'下吕温泉'，同系列的护手霜和润唇膏也十分优秀。"

"肥皂呢？"

"嗯？"

真夕用求救的眼神看向沙名子，然而沙名子也答不上来，毕竟在自家公司的产品中，她爱用的只有泡澡粉。

真夕的护肤用品几乎都是"天天"的东西，像她的化妆品就是公司的"滋润天国"系列，而她在公司里用的随身小包也是公司几年前在"赠礼活动"中定做的迷你托特包，上面印有"天天"二字。她就是这么热爱公司。

"真夕，如果那个肥皂没那么好用，你可以直说呀。"

美华在沙名子边上津津有味地听着真夕和铃木的对话，还提出了建议。

真夕终于怯怯地开口了："温泉皂吧，其实吧，用完感觉有点干燥，打出来的泡泡也不够多。可'温泉'系列明明号称是适合冬季使用的。不过我本身也是混合型肤质，皮肤状态不太稳定，所以也可能只是不适合我用啦。"

"这样啊……那你说'干燥'，又是怎么个'干燥'法呢？"

"洗完澡过一会儿，皮肤就干乎乎的。虽然也不至于让人特别在意，然而用我们公司其他产品的时候就没有这种情况了。所以我不打算用它洗脸。"

"樱花皂呢？"

"樱花皂没问题，我真的很喜欢它。"

"你家还有温泉皂的包装盒吗？"

"应该已经扔掉了……但我买的是组合装，可能其中还剩了一些。"

"要是有剩下的，能麻烦你带过来吗？"

"嗯，好的，我找找看！"

"基础款呢？最近用下来感觉有什么变化吗？其实这一年来，我很担心它的质量是不是比以前下降了一点，刚刚也和田仓先生说了这事。"

沙名子看向正在办公桌上工作的勇太郎，只见他两眼对着文件，一手摁着计算机。

真夕露出了为难的表情，继续说道："我倒是觉得没什么变化啦——去年秋天，我在'员工八折日'把全家用的份一起买了，现在还没用完呢。不过目前在用的可能是前年买的，去年买的说不定一直没拆封。需要我拆出来吗？如果有必要，我可以试着把它们对比一下。"

"不不，这倒也不必。假如你们发现有什么不对头的，就请联系我啊，太感谢了！我记得你叫作佐佐木真夕，对吧？也谢谢森若小姐，还有——"

"我是麻吹，麻吹美华。"

"麻吹小姐，我是制造部的铃木宇宙。如果你有什么发现就请告诉我，我会在总公司待到下周，因为周二有个表彰大会。"

"表彰大会？"

"就是在公司内部召开，专门表彰员工的那种啦。我们每年都会举办的。"

沙名子说道，美华则听得很起劲。

"表彰大会"其实就是一种让员工们在公司会议室内听董事们长篇大论，然后给获奖员工发奖牌、奖状的仪式，每年的流程都一样，沙名子已经经历了五次，所以并不会觉得新鲜。那些在静冈工厂或者销售点工作的同事们也会过来参加，由于大家平时只用电话沟通，光在见面时打招呼就够让人忙上一阵的了。

"制造部这次有三人将作为'明星员工'接受公司表彰，而且今年留田先生也要过来，真是难得。此外还有新员工藤见小姐和另外几人一起。"

在说到"藤见小姐"时，铃木脸上露出了些许困扰。

"这位藤见小姐也是'明星员工'吗？"

"不，她基本上只算个实习生。公司实行'明星员工'表彰制度至今已满二十周年，只有留田先生从这个奖项设立起就每年都获评，所以请财务部的各位也务必参加呀，就当是为了热闹嘛。"

铃木微眯着眼把话说完，随后走出了财务室。

"那是制皂业务的负责人吗？我头一次见到他。"铃木离开后，美华在一旁提问道。

"铃木先生主要负责管理静冈工厂的制皂部门，平时都在静冈上班，会不定期来总公司。"

沙名子答道。去年制造部有一人辞职，因此最近便轮到铃木经常往总公司跑。

"他是在说肥皂的质量下滑了吗？这属于重大问题吧？原材料出毛病了？"

美华还是直率得一如平日。

"我觉得原材料没什么不对。因为原材料应该是跟着成分表改变的，但我们部门并没有收到此类报告，详情你可以问问勇哥。"

"那为什么质量会下降？开发新产品的是开发部，制造部只是按开发部给的配方去混合材料、批量生产对吧？"

美华并没有恶意，但当她心存疑惑时，措辞便会非常犀利，沙名子觉得这是个坏习惯。

"麻吹小姐，这些话还请你别对制造部的同事们说起呀，虽然他们大概也逐渐感到不对头了。"

沙名子说话的同时，心中暗想幸好铃木现在不在这里。

研究并开发新产品是开发部的任务，制造部只是把配方所示的原料都混合起来——话是没错，可生产制造是需要技术的，原材料也会发生变化。肥皂和化妆品都是非常精细的产品，根据实际情况，制造人员有时还得从选购设备就开始操办，而且他们还会以开发部提供的配方为基础，尽全力一边控制原料费用，一边生产出质量最好的产品。

"麻吹小姐，季节的变化有时也会导致产品质量出现差异。"勇太郎难得从她俩身后插嘴道。

他是过来找文件的，应该是听到她们的对话了。

"季节？"

"是的，季节会影响工厂当天的温度和湿度等，这种时候就要按环境来对生产设备进行微调，理想的原材料不是一直都有的，制造部的员工也必须具备药学和化学方面的知识，像肥皂和粉底就各有门道。有些员工会把生产状态调整得很好，有些人就不擅长，所以公司才会设立'明星员工'的表彰制度。"

"既然如此，把那些微调都数据化，让人人都能掌握不就好了？"

"不是这么简单的。"

"麻吹小姐，你会做菜吧？听你说过你在学法国料理。"

在勇太郎嫌烦之前，沙名子加入了对话。

"做菜？是的。"

美华的口气里有一丝诧异。

"如果按菜谱来，人人都能做出同样的菜品，那么厨师的手艺也不存在高低之分了是吧？可是实际上，用同样的材料做同一道菜时，因为做菜人的熟练度和能力不同，成品不还是会存在细微的差异吗？"

美华凝视着沙名子，稍微思考了一会儿，然后脸上露出了微妙的表情，说不清是否接受了她的说法。

"我还是觉得这和做菜不太一样……"

"如果你不放心，可以去问问看留田先生，'明星员工'表彰仪式前一天他应该会来公司。"勇太郎说道。

"留田先生又是哪位？"

"留田先生名叫留田辰彦，是一名资深的生产技术人员，公司的'肥皂明星'，已经干了三十七年了，在我们工厂的制皂人员里排第一。"

"也就是说，他是手艺最好的大厨？"

听到美华的说法，勇太郎、沙名子，甚至真夕都同时点头赞同。

财务部的成员们已经开始习惯于如何和美华相处了。

放在桌上的手机响了起来。

沙名子正在往指尖上涂一款樱花粉色的指甲油，她瞥了一眼手机，随后继续忙自己的，并没有去搭理。

右手已经涂完了，这时候要是摆弄手机，会把指甲油给蹭花的。

现在是周三晚上九点，她已经清洗了晚饭用的餐具，也泡完了澡、吹干了头发，用"循环播放"模式看起了《新感染》的DVD影片。她泡了一杯热奶茶，将马克杯摆在桌上。在指甲油变干之前，她希望尽可能不要用到双手。

反正这总归是太阳发来的短信。

在她刚到家时，太阳就给她发短信了，她便一边炒卷心菜一边和他"信"来"信"去。二月的上半月很忙碌，不过他俩在情人节那周的周末仍约了见面，一起去买买东西、吃些美食之类的。

太阳问她挑哪周六时，她回答说本周六。

这样一来，二月的第一次见面时间就这样定下来了。

太阳经常出差或加班，一个月也只能好好见上一两面，而上一次在休息日相约时还是圣诞节。

只不过，太阳特地提了本周有情人节——这让沙名子有点心烦。

涂完指甲油之后，她边往甲面上喷美甲喷雾，边思考着太阳是不是很期待收到自己的巧克力。

——二十七岁的男人会想要巧克力吗？而且现在社会上还保留那种女性给男性送巧克力的习惯吗？

喷毕喷雾，沙名子小心翼翼地用指腹捧起马克杯，开始喝奶茶。

她看向手机短信。

"忘记说了！沙名子小姐，你会给我巧克力的，对吧？"

"亲手做的也 OK！☼"

——可是我不OK啊……

沙名子感到心累，短信息最后的太阳符号却在闪闪发光。她凝视着这个符号——太阳似乎很喜欢用它。

然而，心累并不代表不快。太阳从不会装模作样地暗示自己想要什么，而是会坦率地说出来，这是他的优点，也是沙名子和他相处起来感到轻松的理由。

——他想吃我亲手做的巧克力吗？

沙名子并不喜欢给别人吃自己炮制的食物，口味不一定相合是原因之一，而且说到底她压根就不擅长给别人塞下吃食，收到食品时也同样为难。喜欢的东西就自己做、自己吃——这是沙名子饮食和生活的基本准则。

——把受热融化的巧克力刷成薄层来调温不是很考验技术的吗？还是说，他希望我做布朗尼之类的巧克力蛋糕？

——做是肯定能做出来，但八成没有店里卖的好吃。这样一来，即使我们双方都没做错什么，可要是不合他的口味，我的心情还是会变糟。

——不过太阳是甜食派，超爱吃便利店里的磅蛋糕，所以我不管做什么给他，他大概都会边吃边夸。

沙名子差点就立刻拿起手机去搜索"巧克力蛋糕的简单做法"，但她忍住了，毕竟现在还早着呢。

做自己不会做的巧克力不知道要花多少钱，搞不好还要买专用的厨具。因为沙名子家没有微波炉。

——做到这一步到底能得到什么等价的回报啊？

收取回礼也很麻烦，太阳在圣诞节的时候把租车钱、饭钱和其他开销都包了，但沙名子很清楚他的工资、奖金和员工定期储蓄金额，因此总觉得坐立难安。

前些日子，她看了一本《约会指南》，书里说像这种场合就尽管让对方付账即可，所以沙名子硬是忍住了，没把分担一半的话讲出口。

——那么这次的巧克力能算是圣诞节的回礼吗？

沙名子此刻有种近乎生气的感受，琢磨着太阳到底在想什么。

——想吃巧克力的话，去百货商厦或者蛋糕店买自己喜欢的不就行了？

对沙名子而言，做菜是她生活的一部分，只要稍微聊聊就能知道她根本没有做点心的爱好。

不，沙名子没有做巧克力的理由，怎么想都没有。毕竟这么做唯一的好处就只有太阳会很高兴，仅此而已。

她想回短信说"请别指望手工巧克力了"，不过指甲油还没干。

她喝着奶茶，看着《新感染》中全家团聚的平和场面。

她双手捧腮，等着指甲油干透，此时，指尖传来一丝不同寻常的触感。

她觉得自己的脸颊摸起来特别柔滑，于是她又摸了摸手背和手腕，发现也同样滑溜溜的，明明就没有涂身体乳，可皮肤却比平时都

员工"的工资中多计入一笔津贴，每年的获奖者都能得到带有社长大名的奖状和奖牌。留田从这项制度出现起就一直连续不断地将该奖项纳入怀中，今年已是第二十个年头，好像会有什么特别表彰。

成为"明星员工"需要满足各项条件，还必须接受好几次突击检查，而关键是，在那么多工厂的工人之中，留田制出的肥皂品质尤为良好且稳定。

表彰仪式每年都会举行，不过今年似乎是留田本人第一次出席。

"唉……算吧……因为我也只会做肥皂……"留田小声嘀咕着。

沙名子在公司网站和内部报刊上看到过留田的长相，但他本人比她想象得更加矮胖一些。来东京的总公司还穿着工装——看样子，他真如他自己说的那般，对工厂以外的环境一无所知。

"小辰，还没弄完吗？"

同来的年轻女性在后方催促着。

她的眼睛圆溜溜的，看起来很是可爱。比起"女人"，她整个人给人的感觉倒更像是个"小女孩"。她斜背着一个扁扁的大挎包，右手拿着手机；她很适合色彩明亮的纯色衣服，而总公司根本就看不到有人穿这些颜色。

"对了，她是制皂科的新人，叫藤见爱。小爱你快来打招呼啊！"

留田慌忙介绍着，小爱则露出了开朗的笑容，问候道："我叫小爱！请多指教！东京的总公司好帅哦，姐姐你看着就特别聪明，这里果然很棒，过来真是太值了！"

"请多指教，留田先生，藤见小姐。二位是想要领经费是吗？公司可以临时给出现金，你们已经在系统上请款了吗？"

"这个啊，二楼制造部的办公区那里有好多人，我们都挤不进去，这个又是昨天刚花的钱，就没来得及……"

"那么制造部的部长还没批准吗？"

"铃木先生说过可以报的……"

留田不太自信，给沙名子展示了手里的发票。铃木是有允许报销的权限的。

发票内容是昨天的餐费、咖啡费和出租车费，其中餐费处还写了"会议招待费"，同行者除了留田本人和藤见爱，另有两名机械制造厂商的负责人，场所则很像是大酒店内部的餐厅或者咖啡厅，而费用居然超过三万日元；出租车则是从东京一路开到了千叶，花费近两万日元。

——因为在下榻的酒店用餐才会这么贵的吗？只是出个差而已，却在高级的城市酒店餐厅吃饭，打车的路程也很长。但难得能来东京出差，而且又只有参加表彰仪式这一项任务，那么员工会抱着旅游般的心态也是可以理解的。

"留田先生，您现在需要现金是吗？"沙名子一边把发票还给留田，一边问道。

"是的。"

"那么我建议您先别报销发票，而是改申请暂支款比较好。五万左右的金额立刻就能准备到位，事后再请领导批准也行。铃木先生现在正忙着准备表彰仪式，大概没时间去办公区打开财务线上系统。"

"看吧，我就说让我去跟小宇讲嘛！"

——"小宇"是指铃木宇宙先生吗？

小爱说着说着还摸起了手机，好像是要开始打游戏了。

"啊，不过我现在也不知道铃木先生在哪里啊。"

"那我去找，刚刚还看到他坐在制造部的办公桌前呢，离这里很近的。"

"也不急着现在找啊，接下来要去吃午饭了。"

"欸——这样吗？那就更该抓紧找到他啦，我还跟人约了见面呢，得先联络一下。"

"你约了人？现在可是工作时间啊！"

"我们只出席表彰仪式呀，现在不找他就来不及了。等会儿我直接到店里去吃午饭，小辰你找好店之后就在LINE上告诉我哦！拜拜喽，财务部的大姐姐！"

小爱握紧了手机，一阵风般冲出了财务室。

"抱歉，这孩子没见过什么世面……这还是她进公司以来第一次来总公司。"

小爱离开后，留田面带难色地说道。

"藤见小姐是刚进公司吗？"

"她一直在我们工厂打工，去年转正了，别看她那样子，其实是个认真的好孩子，今年是我第二十年拿那个'明星员工'奖，公司跟我说可以多带一个人过来，所以我就叫她一起来了。"

要说带谁来参加表彰仪式比较妥当，那当然是家人了。

归根到底，这种公司内部表彰制度本身就是一种员工福利措施和待遇，届时工人们会带着从工作中获得的荣誉感，感受着周围人们的敬意，让自己的家人们看到那光荣盛大的场面。天天股份有限公司非常珍视优秀的工人。

——留田先生有家室，可这种时候为什么不带夫人过来，而是和新来的女同事同行呢？

——说起来，铃木先生提到藤见小姐时也是一脸愁苦。

——留田身为资深的制皂工人，按说是深受尊敬的，可他要是对年轻姑娘特殊对待，在别人眼里会是什么形象？

沙名子明知这是别人的事，却仍有些担心。

留田正在录入发票信息，沙名子看着他的手——那是一双技术人员所拥有的手，大而干净。他都已经这个年纪了，但双手看起来却非常光滑，大概是因为每天都在接触肥皂。

他把指甲剪得短短的，左手无名指上也没戴婚戒，不过这在男性之中倒不少见。

高级酒店、高级餐厅、长距离打车，"小辰""小爱"之类的互称，凡此种种总让人有种微妙的感觉。沙名子正怀着这样的心思，却见留田停下了手，似乎想起了什么似的问道："森若小姐，请问啊，这附近有什么女孩子会喜欢的饭店吗？就是能吃到好吃的午饭或者蛋糕的那种。"

留田的眼神很认真，甚至可以说很拼命。他是想在来东京出差的这一点点时间内，让年纪和自己女儿差不多的女孩高兴。

"森若小姐，暂支款没有问题。我今天在到处跑，很难找到我吧，抱歉啊。"

沙名子把报销单带去四楼的大会议室，铃木从胸前的表袋里拿出印章，很快就盖了上去。

相关人员还在大会议室里为表彰仪式做着准备，再有几十分钟就要开场了。

总务部的男同事把公司的旗帜钉在一块大号的展板上，窗花和由香利将椅子排列整齐，又在桌上放了鲜花和茶水。

同时，宣传科的资深员工皆濑织子正在表彰台上确认麦克风的状况。

织子是此次仪式的主持人。大大的金耳环垂在短发下，衬衫领子也挺括地竖立着，这些都是她的个人标签，远远看去即已相当华丽。

表彰式上除了嘉奖"明星员工"之外，还有"金点子奖"和"热卖奖"，而且任何员工都能来观摩；在仪式现场，普通员工也可以和地位比部长更崇高的董事们说话交流，是十分难得的机会。所以说，尽管这只是一场公司内部活动，但相关人员还是会努力地去操办。

不过财务部的员工不论工作得多么完美，估计都不会在这个仪式上受到表彰。

"因为我已经把现金交给留田先生了，要是可以，还请你在今天之内走一下线上批准。"

"我会去操作的。留田先生昨天和藤见小姐东奔西跑，结果钱不够花了，是吧？"

铃木在接待处，刚确认完受表彰的制造部员工名单以及他们要戴的胸花。他们穿着白衬衫，打着领带，但不知为何却外罩了一件工装，就像是制造工人们工作做了一半时，一个顺手就把工装给穿出来了似的。

"留田先生非常疼爱藤见小姐呢。"

沙名子说着便露出了愁容，就和前几天的铃木一样。

"森若小姐，你见到藤见小姐了吗？"

"是的，她不久前才和留田先生一起来过财务室。"

"这样吗……是啊，他可疼藤见小姐了……森若小姐你也这么看吗？"

"不带妻儿来参加表彰仪式，却让新来的部下陪同，还挺少见的。他们俩是亲戚吗？"

"不，他的夫人忙于各种兴趣，所以没法过来而已。藤见小姐在五年前看到我们工厂发的招聘启事就来打工了，一直做到现在。"

"说明她很优秀吧？能从打工人员转正。"

铃木稍微想了一会儿，答道："这个嘛……其实我也不太清楚她到底是不是很优秀。不管怎么说她只是个年轻姑娘，产能也不算特别高，但是既然留田先生推荐她转正，那就这么办吧。"

他给人一种话里有话的感觉。

"推荐藤见小姐转正的是留田先生吗？"

"是啊，留田先生特别中意藤见小姐，从她刚来那阵子就一直事无巨细，手把手地教导她。比带其他员工都更上心。"

铃木一边凝视着写有"天天股份有限公司制造岗'明星员工'表彰仪式"的展板，一边说得事不关己一般。

"去年的这个时候，留田先生来跟我说，藤见小姐的制皂技术非常出色，绝对要让她转正啊。我也在制造部工作十年以上了，就没听过留田先生这么夸奖人的。可既然他都说到这份上了，我就跟人事说，让她转正吧……"铃木有些支支吾吾。

"有什么问题吗？"

"我也不知道这话该不该由我来说。其实她转正之后，肥皂的质量一直在下降。不，准确地说，是这几年来——也就是从留田先生带着她一起工作起，质量就……"他喃喃道。

这么说来，沙名子想起铃木确实很关心肥皂的质量，还跟真夕打听用后感，想了解她提到的问题是否一直存在。

"天天肥皂的质量吗？我没觉得和以前有什么不同呀？"

"情况没那么严重，普通人随便用是感受不到的，可是那些敏感的忠实用户已经提过好几次意见了。我请开发室帮忙调查，发现成分比最理想的状态要稍微差上一点。因为原材料都是公司采购的，又正好碰上了更换原料的时候。当然这些偏差也都是在允许范围内的，不算什么失误，要是发生在别的制皂者身上根本不稀奇，只不过这是留田先生做出来的肥皂啊，简直让人无法置信。"

"你的意思是，留田先生不可能出这种问题，是吗？"

"没错，他从没出过这种问题，而且是从进公司以来一直都没失误过。他真的非常厉害，不管什么情况，都能生产出配比完美的肥皂，可现在……"

铃木一脸不甘，尽管这压根不是他自己的事。

他是个冷静的人，这还是沙名子头一次看到他表露情绪。

"留田先生明年大概当不上'明星员工'了，明明他一直都在生产最棒的肥皂。我小时候皮肤很脆弱，但却能放心使用天天肥皂，我想这都是因为有留田先生在。我希望他能每年都拿到'明星员工'奖，一直到退休。质量下降的问题让我感到震惊，我非常不甘心啊！"

"可这不是藤见小姐的错吧？是留田先生的手艺退步了吧？"

"所以这就更……留田先生现在经常早退，工作时也会发呆，像在考虑什么事情似的。这些都是藤见小姐进我们工厂之后才发生的，以前他就连表彰仪式也一直都不参加，说还是生产运转比较重要。"

"呃……这就是说……"

"因为藤见小姐很可爱吧？同事们都很仰慕留田先生，不过真没人叫过他'小辰'。最近他在调整设备的时候也都会悄悄地和藤见小姐说些什么，等下班后还会和她一起去吃饭。"

——铃木想说的怕不是……留田先生是个老色鬼吧？他遇上了年轻的藤见小姐，对她着了迷，就连工作都"划水"了！

沙名子想起留田先生之前还努力寻找小爱喜欢的饭店，心情复杂。

"这阵子我跟留田先生提议过要把藤见小姐调去别的厂子，就说'她到底是女孩子嘛，别搞肥皂了，去那些化妆品部门工作如何'，但留田先生发了脾气，说绝对不行。就连我都没想到他反应那么大。"

"那么，他俩——"

——他俩是在交往吗？

不过沙名子毕竟还是问不出口。

——这种问题还是饶了我吧……

天天股份有限公司是一家大公司，因此"公司内部恋爱"也屡见不鲜，甚至还有修成正果的夫妇。在更衣室里也能听说谁和谁交往了、谁当小三了、谁搞婚外恋了之类的话题。

据说越是认真的男人，到了中年就越容易陷入热恋……

不过在沙名子眼里，就算留田被小爱折腾得团团转，他们之间倒也没有那种明显在恋爱的感觉——留田好歹有妻室，要是他俩存在暧昧，那会更倾向于将之隐瞒才对。

但即便两人还没发展到出轨的地步，已婚中年男性和年轻的可爱姑娘一旦走得太近，对工作可能也有影响。

"仪式马上就要开始了，我去把制造部的大伙都叫来。森若小姐啊，难得你人都来了，要不留下看看呗？"

准备工作已经完成，织子在舞台边看着等会儿要宣读的稿件，铃木似乎是因为说了些闲话而难为情，别开视线，从沙名子身边走开了。

会议室的灯光被调暗了一点，出入口也敞开着，员工们陆续到来。

沙名子感到一股视线传来，便往源头看去，只见销售部的同事们坐在后方成排的折叠椅上。

是镰本、山崎和太阳三人。真夕和希梨香也入场了，镰本向她们打招呼，声音听起来很是愉快。一身黑西装的美华打算一个人坐在前排，销售部的山崎也别着胸花，好像是得了什么奖。

沙名子把后背靠在出入口附近的墙上，尽可能不引起他人注意。

"感谢各位今日齐聚一堂！第二十届天天股份有限公司——制造部'明星员工'表彰仪式现在开始！我是销售部宣传科的皆濑织子，本次仪式的主持人就由我来担任。"

宽敞的会议室里响起了织子的声音。她口齿清晰宛如播音员，声音也很动听。

在介绍公司董事、董事问候致辞时，留田正坐在上席的靠边处，和几名戴胸花的员工在一起，神色紧张。

在受表彰的员工之中，留田看起来是最年长的一位。

"小辰他一直都跟个笨蛋一样卖力呢。"

靠墙站定后，沙名子突然听到有人向她搭话。

原来是藤见，她就站在沙名子边上。

她也一样背靠墙壁，孤零零地站着。在这里她只认识留田一个，所以或许还无法融入集体之中。她身上那孩子气的T恤和柠檬黄色的短裤在员工之中也略有些显眼。

"我对留田先生并不熟悉，但总觉得他是一个认真又热爱工作的人。"沙名子说道。

小爱看向沙名子，随后"嗤嗤"地笑了。她个子矮，所以仰视着沙名子，眼珠子乌溜溜的，就跟小动物似的闪烁着调皮的光芒。

"小辰脑子里塞的都是工作啦，给了我一堆书啊笔记簿子啊之类的，老吵着要我读，下班之后还要带我去家庭餐厅学习，别人说什么他都不在意，但我可就难做啦，就算在工厂里也会被乱开玩笑，小宇又盯我盯得很紧。"

此刻，销售部的吉村部长开始上台发言，内容非常无聊，所以会场各处都开始传出嗡嗡的说话声。

坐在后排折叠椅上的镰本晃着肩膀，回过头来盯住小爱猛看。他很喜欢漂亮姑娘。

"藤见小姐，你为什么对我说这些？"

"因为财务姐姐你看到发票的时候脸色很古怪呀，刚才你和小宇聊过吧？他拼命想把我和小辰分开。姐姐你不也怀疑吗？觉得我们搞在一起了。"

小爱说得很痛快。

沙名子急了，不知道这时候该说些什么。

小爱看向台上，长长的睫毛卷卷翘翘的——她果然就像铃木所说，是一位如偶像般可爱的女孩，但似乎并不只是一味纯真而已。

"没这回事。"

"唉，我有男朋友的啦，才不管别人怎么看我。而且多亏小辰这么偏袒我，我才能转正的。那边坐的就是小辰的太太哦！"

沙名子顺着小爱右手所指的方向看去。

只见一位中年女士坐在最后排的折叠椅上。她剪着短发，身穿深红色的套装，右手紧握着手帕，神情关切地望向留田。不过留田顾不上看她。

"留田先生是和太太一起来的吗？"

"是呀，为了让太太和我们住同一家酒店，他们夫妇还自己出了钱。小辰说，因为规定只允许带一个人同行，结果他就没把这事告诉任何人。真的很认真吧？所以我刚才就瞒着小辰偷偷把他太太叫来啦。这样也没人能盯着挑刺了。他太太人很好哦，让她在酒店等着可太过分了。"

小爱笑了，好像觉得很有趣似的。

"太好了，先不说费用，我觉得能让家人也看到表彰仪式真是件好事啊。"

"是吧！"

小爱的笑容仿佛让周围都明亮了起来，这是多么可爱的笑容啊！

镰本刚刚还在折叠椅上不停地瞥向小爱，这会儿又一脸憋闷地朝前看了。

"可是留田先生为什么没有把太太算作同行人，而是带着你呢？"

"昨天我们和机械制造厂商的人吃了午饭，他说是想安排我们见见面。对方好像都和小辰来往很久啦；另一方面就是，他觉得不能用公司的钱叫家人过来吧！"小爱歪了歪脑袋，随即突然摆出了一副严肃的表情，继续说道，"以后小辰就不参加'明星员工'的评选了，今年是他最后一次受表彰，所以还是和太太一起来东京了，其实以前都不在仪式上露面的。"

"留田先生明年就不参加了吗？可他还要再过几年才退休啊。"沙名子看着小爱，问道。

"明年就算厂里推荐他，他也会拒绝的，搞不好还会提前退休，虽然我觉得他还能做出好肥皂。"

"太可惜了。我用了去年上市的新系列，那款'樱花皂'特别棒，洗后皮肤变得滑溜溜的，香味也好闻，应该会一直畅销！那也是留田先生管控和制造出来的产品吗？"

"谢谢你啊，财务姐姐。确实，小辰是负责人。"小爱苦笑道，"但是，樱花皂的主要生产人是我。"

吉村部长终于发言完毕，织子开始介绍获奖者，首先便是留田先生。

"制造部制皂科主任留田辰彦先生，请您上台。留田先生已经在我们公司工作了三十七年，正如各位所知，他从'明星员工'评奖制度实施起便一直获选，至今已有二十年了。真是非常了不起。我在取材时曾受过他诸多照顾。当然了，每天洗手洁面也靠他生产出的产品哦！"

留田太太则紧握手帕，擦拭着眼角。

"不好意思，请处理一下发票，我已经认真在网上填好申请了。"

表彰仪式次日，沙名子正在工作，只见留田来到了财务室。

他没穿工装，而是穿着毛衣和长裤，手中握着发票和报销单。

"留田先生您还有工作，是吧？藤见小姐也和您一起吗？"

沙名子说道。因为留田先生刚出席过表彰仪式，于是她觉得他们肯定住宿了一晚。

"不，小爱……藤见爱小姐昨天就回去了，我今天休息。难得来一次，所以想参观一下东京。不过得先把发票交了。我还不习惯这边的报销流程，拿着发票总感觉心里不踏实。"

"我明白了。"

他是和夫人一起观光吧？想起留田夫人在仪式上一脸关切地看着丈夫的模样，沙名子露出了微笑。

"哎呀，总公司真是，好厉害呀！大家都很光鲜，我一直待在工厂，老觉得自己和这里太格格不入了。"

留田擦了擦额头，尽管他并没有出汗。他整个人仍给人一种木讷的感觉，但或许是表彰仪式结束后他放松了下来，或许是小爱不在，总之他比昨天还更加谨小慎微。

"这里的人都是用着留田先生你做的肥皂长大的，我也是。"

沙名子说道。她老家确实一直使用天天肥皂。

她检查了一下报销单，发票也和昨天的一样。

她正想说OK，却突然犹豫了起来。

"是什么时候的事？"沙名子若无其事地问道。

留田似乎吓了一跳。

沙名子邻座的美华飞快地瞥了她一眼。

"你指——什么？"留田说道。

"我听藤见小姐说，您这是最后一次拿'明星员工'奖项，却还是把奖给退了。您什么时候下决心这么做的？"

"啊……"留田凝视着沙名子，过了一会儿，轻轻叹出一口气，"大概从五……六年前……虽然那时候我还觉得或许总有办法……不过我开始意识到自己没资格拿'明星员工'奖，是在……"

"是在藤见小姐来之前吗？"沙名子缓缓地说道。

留田的手艺退步了——肥皂质量不稳定不是小爱的责任；同时，留田对此亦有所自觉。这两点便是沙名子想要确认的。

"我觉得您还是把这些事告诉铃木先生比较合适，说清楚您对藤见小姐的青睐不是因为她可爱，而是因为她很优秀。要是让铃木先生继续误解下去，以后他说不定还会把藤见小姐支到制皂现场以外的地方去，留田先生您也不希望这样吧？"

沙名子淡淡地说道，尽量避免伤害留田。

"我确实想告诉他……但是小爱那个样子，他不信我啊。所以我都觉得——索性小爱是个男孩子，或者她没这么可爱的话，反倒更好了。"

"是吗，这可真是太难做了。而且正好有数据能证明肥皂的质量下降了，所以她反而遭到了误解。报销单没有问题，祝您在东京玩得愉快！"

沙名子不想再说更多了，便止住了话头。

她打算继续工作，可留田却没有去意，还愣愣地站在原地，看着沙名子，最后终于艰难开了口："我一直都在做肥皂……所以不太想承认……自己已经没法像以前一样生产出优质的肥皂了。"

邻座的美华也抬起了头，不过留田似乎并没有注意到她，还是如同自言自语般嘟嘟囔囔地说下去。

"我刚进厂那儿会啊，其实也是来打工的。当时我在工业技术类高中学习，对肥皂什么的一点兴趣都没有，只是放暑假时正好看到招工启事，想攒点零花钱而已。

"结果有个资深的老师傅莫名看得起我，会带我去吃炸虾呀寿司呀之类的，又把机械制造公司的人介绍给我这个打工的，还叫我出点子出建议。他说我的感觉很敏锐，会推荐我进厂工作，叫我高中毕业就来上班，然后把他的技术全都给学会。于是我问他为什么不自己做？他回答说他上了年纪，已经不行了，找不回以前的感觉了，所以要我代他做出好肥皂。"

"那位老师傅的技术真出色！"

"他是当时工厂里最优秀的制皂工人。那时候的厂子可比现在小多了，而且制皂人员的手势稍微一变，成品的品质就会产生变化。当然了，那时候也没有'明星员工'这么有趣的制度——我早就忘了这些事，但现在想起来了……就是从我变得像他一样之后想起来的。"

"您是说，您已经找不回以前的感觉，做不出好肥皂了吗？"

"是啊，我着急了。大家都捧我，说我是什么'明星员工'，我也就一直高高在上的，可事到如今，我觉得一定要在退休前把自己的知识和技术都传授给别人。"

这些话仿佛是从留田的嗓子眼里挤出来的。

"所以您发现了藤见小姐，是吗？"

"没错。"

"您是用您师父教您时的那套方法来教藤见小姐的，对吧？"

"我就是这么打算的，可是好像不太顺利，她不听我讲的，还对机械制造厂商的人说些任性的话。像炸虾就很好嘛，她却说要吃烤松饼之类的，我真拿她没辙。"

留田瞬间摆出头疼的表情，开始抱怨。

"小辰他一直都跟个笨蛋一样卖力呢。"沙名子想起小爱的话，也有些犯迷糊，不禁继续聊了下去。

"你们去吃烤松饼了？"

"昨天表彰仪式结束之后去的，我们俩加我老婆共三个人一起。排队等了很久，生奶油堆得跟富士山一样，我都吓了一跳，但小爱和我老婆两人都边吃边夸美味，周围其他客人看起来也很开心。我家没有女儿所以不太懂，不过像小爱那样的孩子们应该也都会用天天肥皂吧！"

"有可能哦。我们公司的樱花皂在化妆品评测网站上备受好评，柚子皂的口碑虽然没有那么响亮，可我觉得也会一直热销的。"

"是吗？樱花皂是小爱主要负责生产的！"留田开心地笑了，"小爱她啊，制皂质量很不错。她不仅直觉灵光，还有些奇思妙想，这一点比谁都更优秀！我知道自己已经做不好肥皂啦。这不是小爱的错，是我自己的本事不行了，可我怎么都没法告诉铃木先生。因为他为人特别好，而且老说自己是用着我做的肥皂长大的。但我必须跟他说实话。一定要好好说清楚，然后好好栽培小爱。"

留田平静地笑了。

他似乎悟到了什么，随后离开了财务室。

沙名子则一如往常，把拿到手的发票重新检查一次。

他们和厂商的人吃饭的地点是酒店自带的餐厅和咖啡厅，因为对方有一位负责人年事已高，在酒店碰头之后身体不舒服，于是他们才坐出租车从酒店出发，直到位于千叶的机械制造厂。对方应该是听说留田来东京了，便忍着不适赴约，结果留田叫了出租，陪他去了千叶，然后又搭电车回到下榻的酒店。当然了，烤松饼的发票并没有被送到财务部来。

而这些发票上都清清楚楚地写上了同行者们的全名及他们所在的公司，字迹又大又方正。

沙名子点击了财务系统的"确认"键。

"留田先生不是老色鬼呢。"

美华突然搭话，听得沙名子差点喷出口中的奶茶。

——留田先生三十七年以来的回忆明明这么令人感慨，你突然说什么啊？

真夕好像也听到了，呛了一口咖啡。

"那个……麻吹小姐，这个……"

"我不会在他本人面前说的。而且最后他夫人也参加了表彰仪式呀。"美华说道，"我听勇哥说，留田先生把老婆丢下不管，带藤见小姐一起来参加表彰仪式了。我刚刚还在想，如果他俩出轨，那就是道德伦理问题，得跟制造部指出这一点，让他们明确处理比较好。"

"不，事实应该不是这样的……"

"书上说，已婚人士有时会假借出差之名乱搞，要是放过了他，我们也得负一定责任。"

"我明白你的想法了。"沙名子答道。

——你到底在看什么书啊！财务人员连同事婚外恋都要负责吗？

沙名子话都差不多快要出口了，但她暂时不想聊那么时新的话题。

不过，就算对美华说"有些事装不知道更好"，她估计也不会理解的。

沙名子喜欢的词是"平衡"——相互匹配，状态安定。虽说任谁都会有"非平衡"的时候，不过最终正负相抵，结果为零即可。

像留田先生和小爱之间就是这种关系，人总有各种无法凭表象来判定的情况。留田因为找不回原来的"感觉"而受到煎熬，可就算这事被铃木知道了，他也仍然会信赖和尊敬留田先生啊。

"森若小姐，现在正好，能麻烦你帮我看一下这份报销单吗？它一点问题都没有，我们肯定是要批准的，不过我总觉得哪里不对头。"

美华完全不顾及沙名子此刻的心情，把表单递给了她。

"是皆濑小姐的报销吧？"

沙名子边接边说，新话题也让她松了口气。

报销单上写了她的差旅时间表，目的地是名古屋，理由是去电视台录节目——果然不出所料，申请人是皆濑织子。

她是宣传科的一员女将，还在表彰仪式上担任了主持工作。在天天股份有限公司这家朴实的制造型企业中，她堪称是最出名的员工了，有时还会应电视台之邀，作为评论员去讲解泡澡粉和肥皂的功效。

织子容貌美丽，非常适合短发，看起来远比三十八岁的实际年龄来得年轻。她的外形比女主播还靓丽，口才又好，所以很有人气。公司里也只有她拥有一个额外的更衣柜，用于收纳做宣传工作时穿的服装。

此外，她还会不时地浑水摸鱼，用公司的经费给自己买东西……

——我提醒过她一次，之后她便收敛了不少，莫非这次又故态复萌了？

沙名子检查着报销单。

出差时间是本周五晚上，她将在下班后搭乘新干线前往名古屋，周六就在那里商谈工作事宜，周日早上录节目，下午打道回府，共计三天两夜，行程内容非常普通。

"我觉得没什么问题，你怎么说？"

"皆濑小姐是周日录节目，为什么周五晚上就出发了？"

"可能是因为周六也有工作。"

"那也不用周五大晚上的特地赶过去啊，周六一早搭新干线不就行了？这样只需要住宿一晚。有什么必要非得周五下班后动身，在名古屋多住一晚上呢？"

"麻吹小姐，你的意思是——皆濑小姐本来去目的地住一晚即可，而她却把行程拉长到了三天两夜是吗？"

"是啊，我刚才就说过，像这种时候很可能是有私人原因的。我也把这个报销单给勇哥看过了，他说OK，但我还是很在意。应该找皆濑小姐再问一次吗？"

"啊……"沙名子喃喃自语道。

这在她眼里，其实一点都不意外，甚至毫无可疑之处。

这趟差旅已经得到了销售部部长许可，也不是出假差，就算夹带了私事要办，那亦影响不大，属于可以装没看到的范畴。

织子本来就是那种公私不分的人，已经被沙名子默默归入了"需要注意"的那类人里。她正在犹豫要不要把这事告诉美华，而美华似乎以为她认同了自己的观点，于是稍稍提高了音量。

"皆濑小姐已经结婚了是吗？那我觉得我们就该多留心这种不必要的出差。我刚才也说过了，这其中或许牵扯到一些不道德的问题。毕竟她是和媒体人一起工作，那个圈子里有很多惹眼的人。"

美华口气非常严厉，不知是在媒体圈或出差时遭遇过不快，还是单纯的精神洁癖。

"如果你指与他人发展成恋爱关系的话，我觉得至少皆濑小姐身上不会出这种问题。"

"为什么这么说？"

"这就涉及别人的隐私了，好像不太方便说……"

"我口风很紧，我跟你保证不会说出去，我对自己说过的话负责。"

美华虽然嘴上不饶人，但应该很讲信用。在这一点上，沙名子还是信得过她的。

"我去总务部办点事哦！"

或许是感觉气氛不对，真夕迅速起身离开。

她之所以溜得快，或许是因为她很尊敬织子，不想听坏话。从咖啡事件以来，她就没有再和美华闲聊过，似乎是决定只和对方保持不咸不淡的同事关系。

这样一来，能为美华解答疑问的只有沙名子了。

"皆濑小姐和丈夫的感情很好哦。"

尽管财务室已经只剩她俩了，沙名子却还是压低了声音。

"感情很好吗？"

"皆濑小姐的丈夫比她小很多岁，是一名演员兼电影导演，他们已经结婚几年了，皆濑小姐好像为他费了很多心思。"

——可不是吗，甚至还用公司的钱定期买他喜欢吃的点心。

沙名子很想连这一点都告诉美华，不过当然得忍着。

要是他们夫妇俩真有人出轨了，那也是织子的丈夫——皆濑知也的可能性更大。他到底是个演员，个子很高，相貌俊秀，沙名子在他拍摄一部业余电影时见到过他，他和年轻的女演员可亲热了，而织子则远远地看着他们，眼里怒火熊熊。

"是吗……"

"所以我觉得不用担心她会借着出差的名义去私会某人，肯定是要为节目录制做准备工作吧。如果你还不放心，我见到皆濑小姐的时候可以和她说一下。"

沙名子终于还是如此回答了。

她不希望美华直接对上织子。织子性格强势，如果突然冲撞她，肯定会遭到她的反感。更别说扯到她丈夫了，绝对会引起她情绪上的不快。

双方相争，孰是孰非并不重要，关键是公司里的人估计都会站在织子那边，她毕竟是全公司最出名的人，而美华只是一个半路加入的新员工，而且为人处世都一副旁若无人的样子。

但沙名子知道织子的弱点，如果对方已经好了伤疤忘了痛，那么她就再去敲打一次。

"要是你能帮我说说的话就太感谢了。不过，你真肯这么做？"

"这有什么肯不肯的？"

"因为我总觉得你是个消极主义的人，会回避问题。"

"确实如此，所以我才要去说。"

——如果交给你来办，事情会变麻烦的。所谓"消极主义"其实就是躲麻烦，希望凡事都防患于未然。

换作美华，大概会痛快地把这种想法说出口。

不过沙名子不习惯有话直说，她甚至已经不记得有话该怎么说才好。

"明白，那就拜托你了啊。聊完之后还请把皆濑小姐的说法告诉我。"

美华说道。看来无论如何都糊弄不过去了，沙名子暗叫糟糕，却为时已晚。

晚上，沙名子把笔记本电脑放在膝盖上，背靠着大靠垫，点开了搜索网站。

关键词：手工巧克力 初学者

关键词：巧克力蛋糕 简单

她身旁的托盘上放着奶茶和便利店买的芝士蛋糕。

刚才她还在桌上吃用鸡肉、青菜和鸡蛋一起煮出来的小火锅，然后泡澡，接着把头发直接晾干。由于温泉泡澡粉的效果，她觉得身上暖乎乎的，手臂和腿部也滑溜溜的，非常舒服。

——噢，"天天"的东西果然很好用。

虽然她和一线生产部门毫无关联，不过对员工来说，能认为自家产品好用确实是一件幸事。

沙名子用叉子吃着芝士蛋糕，同时点开搜索结果。

她在上下班搭乘的车上也搜索过一阵子，然而今天是最后期限了，必须在备选项之中精挑细选然后锁定一个。

她做了各种调查，果然蛋糕和布朗尼的难度太大，用生奶油和巧克力做的松露巧克力似乎是最简单的，而且不容易失败。她决定按一家大型糖果点心生产公司官网上公布的配方来做。

再过十天就要和太阳见面了，她可以在见面的前一天——即周五晚上或者周六上午把松露巧克力完成；同时，她计划本周末先试做一次看看，就当是练手。

她原先还在愤慨：这下要有两个周末既不能搞家务，又没法做放在便当里的小菜了！可现在却已经平静下来。

太阳非常期待，所以自己还有什么理由不做呢？

太阳是个好男人。之前她告诉他说，和留田先生一起来总公司的藤见小姐特地把留田夫人叫来观摩表彰仪式了，结果太阳这混蛋……不，这位太阳先生，居然是这么回复短信的："藤见小姐真是个好姑娘啊！我都快喜欢上她了！"

——这可真让人火大！

沙名子直接不理他了，于是他像是慌了神，赶紧又发来信息，说道："但在我心里，排第一位只有沙名子小姐你！"

——好吧，饶了你。反正我也没什么了不起的。

话说回来，太阳在圣诞节时，还蛮了不起的。

两个人交往之后，就会莫名地觉得对方变厉害了——就是这么回事。

——难道，除了巧克力，我还应该再送他点什么吗？

沙名子生日的时候，太阳给了她一只可爱的黑猫马克杯。她要等到下周末才能去购物，但考虑到挑东西时最好不要太着急，她还是打算本周末就去买。

——怎么安排才好呢？周五下班后还必须去买试做松露巧克力所需的材料。

而这个时间点让沙名子想起了皆濑织子。

美华跟她说过，织子周五晚上要出差。

她觉得美华的担心是白费的，织子很聪明，即使把公司的经费挪作私用，也能巧妙地顾左右而言他，编出一个什么工作来。

有一段时间，织子确实越发大胆，不过自从被沙名子提醒之后，她老实了不少。那些故意钻空子的人在引起财务人员注意的时候就会停手，所以像织子这样的事反而很容易处理。

——这么说来，顺便去那里看看好了。

在打印松露巧克力配方的时候，沙名子搜索了皆濑知也的博客。他是织子的丈夫。

知也是个不卖座的演员兼业余导演，这个职业身份具体做什么还是挺难搞懂的，因此会在博客上把自己的日程安排写给粉丝们看。

既然织子乐于在出差时顺便去办私事，那么同行的应该就不是恋人，而是丈夫。

本周五，我会在日比谷公园附近进行拍摄！

拍到晚上八点，欢迎大家来探班或者来做临演哦！

这是一部迈入了新境界的爱情悬疑片，拍摄也很顺利，现正处于佳境！

知也的博客更新得很勤快，有时候沙名子甚至会想怎么又更新了。这次拍的应该还是她之前在日比谷公园看到的那部。

她回想起工作中的皆濑知也，心中涌起一股既非焦虑亦非向往的情绪。

——我和他年龄相仿，虽然我喜欢电影，但压根没考虑过去拍摄创作。即使现在，我也只考虑做个稳定的职员。

就这样，她在自己的人生中不会创造出任何东西，也不想去创造。

她心想，等知也的电影拍完了，就去看一下。

——莫非织子也对知也抱着这样的感觉吗？

日比谷公园离东京站有一站路的距离，只要在晚上八点结束拍摄之后坐上前往东京站的新干线，就能于周五当天之内抵达名古屋。

不过不管是不是夫妇二人同行，织子之所以会在周五晚上出差，应该是为了知也，为了能在出差前去看他的拍摄现场并帮忙。这样一来，与其在收工后回家，次日出差，倒还是直接搭新干线出发来得轻松。

——日比谷、有乐町附近有什么地方出售松露巧克力的原材料吗？

沙名子再次用笔记本电脑开始搜索，内容是"巧克力 材料 日比谷"。不知不觉中，奶茶已经完全放凉了。

基于上述原因，沙名子从有乐町站下车，快步往日比谷公园走去。

麻烦事最好尽快搞定，如果可以，她甚至希望不要拖到下周。

她在电车上给太阳发了短信，说自己会亲手做巧克力，下周六见面时再交给他。毕竟情人节那天是工作日，要是太阳满怀期待地在财务室转悠，她可受不了。

今天她打算购物，顺便去日比谷公园看一下织子是不是在那里。

等见到织子，沙名子也不打算怪她多住一晚，只是想确认同行者是知也，并且提前解释清楚：美华虽然常常挑事，但为人其实不坏。

织子对人情世故很敏感，一旦谈到该如何顺利和美华共事，她或许真能给出一些恰当的建议。

在女同事们分派系对立的时候，织子就看准时机，站出来调解了一番。虽然也有人对此感到不满，比如希梨香，不过没人能违逆织子。

就算她的做法有点狡猾，但这一点也只是因为长期从事宣传工作而造成的。借用她本人的话来说，她不会放过任何能够让双方妥协的机会，但沙名子就做不到这一点。

沙名子觉得自己好像意外地开始喜欢织子，是在不知不觉间被她身上那种明星般的特质吸引了吗？

夜幕已经降临，沿街栽种的树木又高又大，点点月光从枝叶间漏下。

沙名子看了看腕表，又加快了步伐。她先花了点时间去银座

Marronnier Gate购物中心买了做松露巧克力的材料和礼物包装纸，现在她的右手正提着一个纸袋，里面装了她方才的购物成果。

今天会忙到很晚，加上是周末，那么不管是否在日比谷公园遇上织子，她都打算在回家路上买些好吃的。

但她手里的东西太多了，所以只能去离自己家最近的那个车站，久违地外带一份寿司。

——如果那位声音动听的椙田师傅也在，那么直接堂吃也不错，就当给明天试做巧克力打气了。还得跟椙田师傅搭几句话，让他说些长的句子。

——明天边做巧克力边播放真人版的《银魂》吧。反正我已经看过一遍了，那就由它播着，我挑其中的关键部分看即可，毕竟《绝命毒师》不太适合在做巧克力的时候播放。

她一路走，一路盘算着周末的计划，很快就到达了日比谷公园。

可是皆濑知也并不在上次拍摄的地方。

——现在是七点五十五分，他已经收工了吗？还是换了地方拍？

沙名子稍微找了一会儿，发现日比谷公会堂边上有一群人，手中的东西很像摄影器材，可能是在收拾现场。知也在人群的中心位置，而他身边的那位女性目测就是影片的女主角。同时，女主角似乎也是工作人员中的一员，正背着一个大帆布包，里面装满了照明灯等器材，和身上的红色连衣裙毫不相衬。今天的拍摄大概很令人满意，知也和其他的工作人员都面带笑容。

知也随意拿在手里的摄影机和放在地上的保温箱全都是织子用公司经费买的。

织子不在这里。是赶时间去坐新干线了吗？还是说沙名子认为"她会在这里"的想法本身就猜错了？

沙名子虽然有些扫兴，但织子不在也就没法子了，而且难得来一次，她便打算散个步，绕着日比谷公园走一圈再回家。

路上不断有人经过，非常符合周末的感觉。大路上车来车往，园中那浓绿的树木上不时有灯光与噪声掠过。行人多为穿着西装与大衣的上班族或女性，也有牵着手的男女。

——太阳和我一起走着回公司时，看起来也和他们一样吗？我自然地融入人群之中了吗？

沙名子并不能够确信自己也属于普通人。她希望自己普通、随处可见，可同时又向往着知也那样的生活，真是古怪。

"放开我，已经够了，我都明白的！"

沙名子放空大脑，走着走着，就听到一名女性的说话声。其实一路过来，四处都是人声，但唯独这个女声格外清晰，具有穿透力。

她从人行街往旁边看去，就见绿植丛的深处有一男一女，正面对面地说着话。

夜色中，她只看得出那两人的轮廓，不过男方个子很高，穿着普通的西装和大衣，女方则身穿羽绒服，肩上挎着一个大包。

男方还在小声说话，挽留着正打算离开的女方。

——是上班族情侣吵架吗?

这里离商务区很近,所以周五的晚上来日比谷公园就可能遇上这种场面。沙名子不再多看,准备路过。

可事与愿违。

——我不久前才听过刚才的女声……低沉、穿透力强,就像女主播一样……

——不会吧?

还没来得及细想,沙名子就看向他俩。

树下,男方紧紧地抱住了女方,躬身吻住了她,此情此景就跟那些画报里的场面似的,而女方也没有反抗。这时,一辆打着头灯的车从对面驶来,在经过的瞬间照亮了女方的脸。

——是织子。

难怪沙名子觉得这个女声很耳熟,还真被她给听出来了。

不过她根本没工夫去想这些。

——糟了,非礼勿视,我得装没看到,赶快走人。

她大惊失色,脑子里虽然充斥着撤退的想法,可身体却动弹不得。

明明她已经对电影里的接吻场面司空见惯了。

而下一秒,她僵住了。

男方在夜色中看着沙名子,同时他的手始终搂在织子背后。

他是几小时前还和沙名子同处一室的同部门同事——田仓勇太郎。

第三话

真命天子巧克力不能给你，但可以给你友谊巧克力

"我会亲手做巧克力的，下周六见面时再交给你。"

太阳收到沙名子的短信，忍不住用力振臂，做出了胜利的手势。

他心想，幸亏镰本不在他旁边。其实他在阅读这条信息时，正好坐在公司车辆的驾驶席上，而车就停在高速路段的服务区。和他同行的镰本一等车子停进停车场，就跑下车去呼吸外头的空气。

现在是晚上六点十五分，也该从外出办事的目的地往公司赶了。

天天股份有限公司规定五点半下班，所以眼下沙名子应该已经离开公司，差不多正坐在电车上。

他们会在情人节当周的周六见面（情人节当天是工作日）。在约定具体时间时，太阳一时忘形，给沙名子发去了短信，说："你会给我巧克力的对吧？亲手做的也OK！"而沙名子当时并没有明确给出肯定的答复。

现在她已经应允，那么太阳下周六就能收到她的手工巧克力了！

"知道了""我想想""不可以"，沙名子的回复一直都很简明易懂，所以他已经很习惯了；他也曾对沙名子提过"就不能随便聊聊吗"，不过对方只是淡淡地回复道"想聊的时候会聊的"。

沙名子说过不希望他在工作时发短信过去，他们平时只会在早上或下班后联络——通常是在上下班的路上，一般都是有事需要交流；偶尔也有纯粹的闲聊，但都很简短。

所以太阳才会很不像话地坚持要珍惜他们两人见面的时间。

两人独处时的沙名子比在公司时或发短信时更为温和沉静。她喜欢时尚的东西，喜欢猫咪，有时候会有些奇怪的烦恼，每当太阳为她做了什么，她都先说一声谢谢，然后不再言语。她比太阳想象的更加文弱，一被夸就脸红，受到惊吓时总会陷入沉默。

太阳不时觉得，沙名子是一位极度可爱的女性。虽然他对历任的女友们也都抱着这样的看法。

"太阳，工作中禁止收发私人短信啊！"

他在车外边喝罐装咖啡边看向短信，可镰本却开口了。

他的话听起来像是玩笑，不过里头还是有刺的。

镰本注意到每当五点半的下班时分，太阳都会兴冲冲地去看手机短信，而且因为他俩总是组队干活，所以太阳都没法推说自己是在处理工作上的事。

太阳心想，明明镰本在副驾驶席上也一直摆弄着手机，不过他没法回嘴。因为销售部全员都参加过运动社，继承了此类社团"对前辈绝无违逆"的传统。

"镰本哥抱歉，我正好收到一条短信。"

太阳把手机放到后座的公事包里，坐回到驾驶席上。

"女朋友发来的？"

"差不多吧。"

"哟呵，太阳你可真能耐啊，就凭你小子！"

"唉……还不好说算不算女朋友呢。"

太阳含糊地回答着，同时发动了引擎。

——我撒谎了。沙名子小姐已经是我的女朋友了，不然她也不会和我一起过圣诞节，也不会和我在情人节见面。

虽说他之前被问到这种问题时，总是说"没有啦——""没空交啦——""交不到啦——"，不过现在也差不多可以承认了。

只是他没法说对方就是沙名子。一方面，沙名子希望这件事可以保密；另一方面，镰本并不喜欢沙名子，他要是知道了，还真不晓得会怎么评价呢。

其实镰本本来就对女性要求很高，并不只是特别针对沙名子，但即使如此，他还总爱聊和女人有关的话题，真是莫名其妙。

"你女朋友是我们公司的？"

"不是。"

太阳回答的同时，把车开到了地面车道上。

距离公司还有几十分钟的车程。太阳喜欢开车，因此一直都是由他来负责驾驶。

"希梨香吗？去年你们不是一起上哪儿去了嘛。"

"没这回事啊，而且希梨香现在都有男朋友了。"

"难道是财务部那个森若？你们一起喝过一次酒吧？"

"怎么可能。是镰本哥你不认识的人啦。森若小姐那么吓人。"

——对不起啊，沙名子小姐！我下次请你吃饭！

"财务部的森若小姐很恐怖"是销售部内部的玩笑话，不过太阳并不这么想。他只有在自己做了亏心事的时候才觉得沙名子可怕。

镰本仿佛松了一口气，深深靠入副驾驶席的椅背。

"说得也是，那女人绝对没有男朋友，而且这辈子都没交过男朋友。要是她有对象我还真想见见，虽然没人会找上这种丑女的啦。"

"我倒觉得森若小姐很漂亮啊。"

"你眼花了吧？森若就是个丑八怪，而且性格恶劣。你知道吗，我从来没收到过她的巧克力！我们公司新入职的女孩子每年情人节都会送男同事们巧克力，但这个传统就是断在她来的那年，之后再也没有了！"

"我比她晚一年进公司，所以还真不知道这事。和森若小姐同一年进来还有哪几位女同事？"

"总公司录用的是森若沙名子和开发部的镜美月。我听说窗花叫她俩米给我们送巧克力，结果她们就扔下一句'不干'！"

"啊……感觉那两位小姐确实说得出这种话……"

"我们公司的泡澡粉和肥皂不是会做宣传吗？号称是什么'最合适的情人节礼物'之类的，要是女孩子们都跟她似的那副德行，我们还怎么做生意啊？算了，反正今年小针店长给我送巧克力了。"

——镰本哥好像很期待从新来的女员工那里收到友谊巧克力，所以贬人的时候，那张嘴才会比平时还损吗？

"小针店长是个细心人。"

"虽然她已经过三十了，不过没关系，因为很可爱嘛。"

小针是"天堂咖啡"的女店长，那是一家附带泡澡设施的咖啡店，而整个项目是由太阳负责的。

"天堂咖啡"今天进了新的泡澡粉，收货期间小针叫住镰本和太阳，递给他们小小一盒巧克力，还说尽管送得有些早，可因为要等情人节过了才能再见到镰本先生，所以没有其他机会了。

听到这些话之后，镰本的心情就一直很好。

小针长着一张娃娃脸，身材娇小玲珑，且由于从事服务行业，待人温柔和气——总之是镰本喜欢的类型。

——如果他就是中意那些可爱听话的女性，那确实是会看沙名子小姐不顺眼啊。

太阳边开车边事不关己般地琢磨着。

与镰本相反，太阳就喜欢可靠的人。

所以他现在很喜欢沙名子。每次镰本数落沙名子的不是时，他就恨不得称赞自己的好眼光。

他的公事包里其实还有另外两份巧克力。一份来自参与了"天堂咖啡"策划的室内装潢设计师曾根崎梅莉，她和太阳关系很好。小针趁着镰本不在的时候，把梅莉寄放在她那里的高级巧克力交给了他。

另一份则是其他美妆药店里的女店员们送的，她们好像还记得他以前闲聊时说过喜欢吃巧克力，于是就边说"这个很好吃哦"，边把新发售的有机巧克力棒给了他。她们都已婚且当家，因此这当然是友谊巧克力，不过收到它们时，太阳单纯觉得很高兴。

但太阳不打算把这些事告诉镰本，因为他听了会不爽。

——就连希梨香都没给镰本哥送巧克力？

虽然太阳觉得友谊巧克力其实无所谓，然而镰本哥对此却很在意，一直等着收。

后座又传来了手机的响声，是太阳的。副驾驶席上的镰本扭过身子，伸手去拿太阳的公事包。

"哦，没事没事，不用管它，八成是私人电话。"

"我来看吧，说不定是工作呢？"

"都说没事啦！"

"我拿都拿来了，开机密码是多少？"

"饶了我吧——"

镰本经常开这种玩笑，可自己的手机被别人捏着毕竟很闹心，于是太阳找了个带大面积停车点的便利店，把车开了过去。

方才手机发出的是LINE的提示音，说明找他的人并非沙名子，因为他俩会通过手机短信联络。

太阳在停车场从镰本手里拿过手机，点开了LINE。

才看一眼，他就后悔自己怎么没忍住。

给他发来LINE信息的人，是大学时期的女性友人——荒井树菜。

若光是联系他一下倒还好，可她还发了一张自拍照片过来。

"太阳君，好久不见！"

"情人节我打算穿这身去见男朋友♥"

"你觉得怎么样呀？"

照片里的树菜穿着粉色的针织衫，一副向前探的姿态，对着镜头露出笑容。而且不仅如此，她那V字形的领口开得有些松，角度绝妙地展露出一点"事业线"。

——看到了，真走运。

如果太阳正在独处，那么这番美景会让他非常愉快——不，其实现在他仍有几丝暗爽。说起来，树菜的身材一直很好。

可是镰本就在边上，趁着太阳偷偷看树菜胸部的那几秒钟里瞥向了他的手机。

"你女朋友？很可爱嘛！"

"不，只是我朋友。"

太阳手忙脚乱地关掉LINE的界面。

——必须尽快把那张照片删了，不然被沙名子小姐看到可不得了。不过她是来问我事情的，我得先回复她。所以先把信息存着然后慢慢考虑吧。

他把手机放回公事包，重新发车。

——等回到公司，我得赶紧找个机会回复沙名子小姐的短信，就说："我超期待你的手工巧克力！"

眼下，包里已经装了三盒巧克力，下周末还能和沙名子见面，手机上又收到一张性感的照片，太阳还怎么会在乎"友谊巧克力"呢？

镰本没有再多说什么，这可真是太让人庆幸了。太阳一边开着开惯了的白色玛驰往公司赶，一边想着情人节可真不错。他还记挂着沙名子下次或许会来自己家呢。总之自他进公司以来，还是头一次如此希望周末能快点过去。

"早上好。"

周一，沙名子来到财务室，发现勇太郎已经在办公桌前对着电脑屏幕了。

"哦，早上好。"

他咕哝了一声。

真夕和美华都不在，不过水壶不见了，估计是真夕拿去茶水间烧水了。其实这个时候，她真不想和勇太郎单独相处。

"森若小姐，打扰一下。"

沙名子刚打开电脑，勇太郎就过来找她。

"有什么事吗？"

勇太郎神色窘迫，不过这也是理所当然的。

"就是上周五晚上的事——"

"上周五？那天我一直在家啊，发生什么了？"沙名子流畅地答道。

在工作上，她遇到过好几次证据确凿，对方却还佯装不知的情况。尽管她每次都震惊于对方为何能如此厚颜无耻，可没想到这回却轮到自己装傻了。

她决定就当上周五什么都没看见。

对她而言，最重要的是把自己的日子过好。

她对勇太郎和织子的私生活毫无兴趣。她不知道勇太郎是什么时候开始和织子交往的，但既然这层关系从未对工作产生不利影响，那以后应该也没问题。

因此——不管他俩是什么关系，都和沙名子没有关系。

勇太郎自尊心强，严于律己，和已婚女同事的恋情一旦暴露，要是处理得不妥，他或许会辞职。

天天股份有限公司总公司的财务管理工作几乎都是由勇太郎负责的，新发田社长只是列席部长会议而已。

真夕和美华尚无力承担这块工作，而就算把大阪或九州的财务负责人调来也好，再招一名新人也好，初来乍到时都不可能被委以核心任务。

这下子，勇太郎手里的一部分甚至是大部分的工作都将交由沙名子接手。

想到这里，她头都大了。不行，她宁可辞职也没法接替勇太郎。

她不想参加部长会议，亦没有自信能把工作做得如勇太郎那般老练。

况且，她没有义务要为公司鞠躬尽瘁。她的工作本来就有些超负荷了，美华加入后她才总算能按时下班回家。可话又说回来，她已经没有精力再去寻找一家会给员工合情合理的薪资和假期的公司了。

她只有一个愿望，那就是"维持现状"。

这是她花了周末两天时间才得出的结论。

"你这么说的话，我……"

沙名子还是第一次见到如此不自信的勇太郎。

"我完全听不明白你说的话。"

"但我绝不是玩玩而已。她和我是一起进公司的，现在我们都过得很痛苦，所以真的很需要对方。"

——勇哥这个笨蛋、傻瓜、恋爱新手！这是三十八岁的男人该说的话吗？没人问你们是怎么开始交往的！赶紧去工作啊！赶紧恢复成那个冷淡的财务人员啊！

尽管这只是她内心所想，不过她从没料到过自己有一天会称勇太郎是"笨蛋"。

无论是作为公司的一员还是财务部的一员，勇太郎都是沙名子的榜样。他始终如一匹独狼，淡然地履行义务、享受权利，这番姿态令她很是尊敬。

这样的他居然会与已婚的女同事恋爱！而且这位女同事还是公司最出名的人——能干的宣传科成员皆濑织子！

沙名子不明白。既然他俩是同一批进公司的，那么早就可以交往了，毕竟织子是在三年前才结婚的。而且他俩同龄，都很优秀，在晋升的道路上也都走得很顺畅，若是成为一对，公司里完全不会有人抱有异议。

对织子来说也是同样，勇太郎肯定比那种年轻十岁又不卖座的演员可靠多了。勇太郎个子高，身材健硕，长相也不赖。

去年秋天，勇太郎的朋友因为不正当行为而离职了，这件事对他造成的伤害或许比沙名子想象的更深，甚至让他的道德观崩塌了。

沙名子回想起自己在公园见到的那宛如画报般的接吻场面，心情复杂。

"我不太明白你在说什么，就聊到这里吧，我这人既不健谈，对那些闲话也没兴趣，自己更没有传过闲话。对我来说，勇哥你不在财务部的话我才头疼啊！"

最后那句是沙名子最为发自肺腑的真心话。言下之意是你有你的自由，只要处理得漂亮点就好。勇太郎应该听得懂。

"我明白了……谢谢你，森若小姐。"

"我也没说什么该谢的话呀，今天天气真不错，我还有工作要做，要不就先这样吧？"

这时，真夕端着水壶回来了，拿着星巴克咖啡的美华也和她一起。沙名子取出马克杯，准备冲泡早上饮用的红茶。

尤其不能让美华知道勇太郎和织子的"地下情"，沙名子提醒自己以后说话要小心点，虽然她不打算再次提起这件事了。

今天是周一，沙名子惦记着要记得在午餐时分去买泡奶茶用的牛奶，她一直都是早上买的，偏偏这次就忘了。

——搞定了，勇太郎和织子的事已经处理完毕，必须尽快忘记，然后继续工作。

沙名子把茶包放进杯中，却看见自己左手手腕处起了红色的疹子，还有些痒，于是她卷起了袖子。

只见红疹从腕表下一路断断续续地长到了齐肘处，不小心挠一下还会肿起来。她觉得很奇怪，自己分明就没瞎折腾过皮肤。

"我是森若，我进来了。"

"请进。"

沙名子进入秘书办公室时，玛莉娜正把窗边那张大办公桌后的椅子往回转，她回头的动作相当缓慢。

她有一头中等长度的胡桃色秀发，穿着浅蓝色的女士衬衫，妆容和美甲有些显眼——这位总务部秘书科的有本玛莉娜小姐还是一如既往地像在美国职场剧中登场的能干助理似的。

不过她也只是看起来架势十足罢了，沙名子并不喜欢和她一起工作，一方面是因为她对数字很不敏感，理解力又差；另一方面是因为她戏太多，效率太低。

强势的女性并不少见，比如织子和希梨香就是典型，但只有玛莉娜一个人会为了交发票就把财务部的女员工叫过去，而且也只有她会私吞小客户支付的现金。

沙名子放过了她一次，而相应地，打那时起她就会把发票送到财务室来。可尽管她们这样约好了，她最近却又有旧态复萌的趋势。

——然而，如果只是为了交发票和报销单，那么叫真夕或麻吹小姐跑一次也没问题，为什么要点名找我呢？可能是有事想要找我确认吧。

"名单在我这里，你是来拿的吗？辛苦了。我现在就打印出来，还请你等一下啰。"

玛莉娜说完，便优雅地点击着笔记本电脑旁的鼠标，打开了一份表格文档。

这间秘书办公室是供玛莉娜专用的，干净整洁，桌下的打印机开始震动，发出轻轻的"嗡嗡"声。

这份文件虽然号称是"名单"，搞得真像什么要件似的，实际上并没那么了不起。其实玛莉娜最近买了情人节要用的巧克力，这只是附在打款申请后的单子罢了。

巧克力费用共计十二万日元出头，好像会被分送给各个客户。

这件事本身没有问题。天天股份有限公司和地方上的小型温泉旅馆也有业务往来，其中有些就是作为"特殊类业务"，由董事秘书玛莉娜来维护。天天股份有限公司的销售要点之一便是：让天天肥皂遍布日本的每一个角落，让男女老少都能用上它。而准备礼品之类的走心工作亦属于秘书的分内事。

　　不过沙名子还是想弄清这些巧克力都送给了谁，于是她提出希望秘书科能尽可能将所有获赠企业的名称、对接负责人的姓名，以及每张发票上的产品对应哪些获赠方都标注清楚。于是玛莉娜便又缩回了秘书办公室，把沙名子叫来，给她看全部的获赠方名单。

　　——就是这么回事。

　　玛莉娜经常会做这种互动，沙名子记得去年情人节时她也是这样操作的——甚至让人觉得她就是为了把自己装成那种能干的女秘书，所以才会有送巧克力这一出。

　　"有本小姐，以后能请你把财务相关文件提交到财务室来吗？"

　　"但想要名单的人是你啊！"

　　"因为相关法律规定，产生交际费用时必须写明交际对象。"

　　"这可是情人节的巧克力哦，大家不都这么做吗？这种到处送人的东西，谁会一个个去记住哪份送给谁了啊？"

　　尽管这里并不是美国的职场，玛莉娜还是把双手手心向上一摊，动作美国范儿十足。

　　——啊——争论这个根本毫无意义！

　　沙名子突然想这么大叫一声。

　　——我都说了这是法律上的规定，而且你买的不是每盒四千日元的巧克力吗？这是随便送人的？明明是个胆小鬼，为了让自己看着厉害，就非要嘴上赢过别人，这到底有什么意义？

"那我先去工作了。"

沙名子轻轻鞠躬示意，拿起刚打印出来的名单，离开了秘书办公室。

"麻吹小姐，我有事想请教你。"

沙名子回到自己的工位上，在查看名单前，先找了邻座的美华说话。

"怎么了？"

"外企办公室里，真有人会做这种耸肩的动作吗？就像这样——"

沙名子模仿着玛莉娜的姿态，手心向上，向左右两边摊开。

美华皱起了眉头。

"我身边没这种人，不过我以前都在日本办公点上班，不清楚海外的总公司是怎样。"

"原来如此。"

沙名子稍微安心了一些。原来她对玛莉娜的评价是正确的——有本玛莉娜并不是干练的女性，她只是徒有其表。

她做的这份差劲的名单就是证据，其中数字编号有所缺失，表单中的文字也让人直接放弃阅读。虽然这些细节和名单内容没有关系，不过身为秘书，看到这种问题不觉得难受吗？

一回想起玛莉娜的态度，沙名子就觉得头疼，可以前并没有这种情况。等手头这件活处理完之后，就把玛莉娜的负责人换成美华好了，她应该不好糊弄，比沙名子更适合对付玛莉娜。

沙名子把那份名单放到"待核查"的区域，拿起笔，这时美华却对她开口了：

"森若小姐，我顺便问一句，上周日那个皆濑小姐登场的电视节目你看了吗？"

沙名子吓一跳，连肩膀都颤了颤。

"不，我没看。"

"那后来你帮我找皆濑小姐沟通过了吗？"

"还没有。"

"她差都出完了，我去跟宣传科的同事打听了一下，她好像调休了。"

"我这阵子就会去问她的，所以能交给我来处理吗？皆濑小姐有她自己的考量，我不希望刺激到她，拜托了。"

"今天是情人节哦，挑这种日子休息，搞不好有什么用意呢。"

"她在休息日工作了，那么调个休也很正常。"

沙名子飞快地答道。她不想听到"情人节"之类的词汇，周五买来的手工巧克力材料现在还原封不动地塞在冰箱里。

她头疼，坚决认为不能让美华和织子对话。因为织子或许会认为沙名子把周五所见泄露给美华了。她好不容易才让勇太郎接受了她的态度，这下子又要回到原点了。

她想按自己的做法把问题抛给对方，总之必须让局面恢复正常。

然而，她该对织子说什么才好呢……

"森若姐，你没事吧？"

沙名子正用手抵住额头，思考问题，只听到边上传来了真夕的声音。

"嗯？"

"你脖子左边变红了。"

真夕是过来放文件的，沙名子按她指着的方向摸了摸颈根处，却摸到一片粗糙。

"啊！你、你怎么了？！"

美华惊讶得说不出下文。她坐在沙名子的右侧，所以方才对话时，她并没有注意到沙名子的异样。她打开抽屉，把手持镜递了过去。

沙名子看到一片小疹子从自己的左侧颈根处一直延伸到胸口处。

她想起自己的胳膊，便解开了左手的袖扣。

她卷起袖子，只见胳膊内侧已经通红了，红色的疹子从手腕开始布满了整条小臂，连手肘上方都没能幸免。

真夕和美华同时小声尖叫起来。

"森若姐，这、这是怎么回事？"

"什么时候开始的？你涂什么东西了吗？疼吗？"

"咦——我也不知道啊，就是刚才开始觉得有点痒……"

"会痒吗？"

真夕回到自己的座位上，手忙脚乱地在化妆包里一通翻找，拿出了一支软膏。

然后她又像想起了什么似的走到财务室的餐具柜前，找出一块新的擦手巾。

"真夕，这是什么时候的软膏？能涂吗？还是去医院吧？"

"你说得对，我先去把这块擦手巾弄凉，因为森若姐的手臂好像很烫！还有啊，快看看身上其他地方！"

起疹子的明明不是真夕，可她看起来却快哭了。

她攥着擦手巾，小跑着离开了财务室。

"森若小姐，你真的没发现这些红疹？"

"嗯……"

"是不是过敏了？你吃过什么奇怪的东西吗？"

"我应该没吃过。"

"先把手表摘了吧，你觉得呢？"

"啊，好的。"

沙名子整个人都呆呆的，因为她很不习惯被别人照顾，也不理解真夕和美华为什么大惊小怪的。她确实觉得自己从左臂到脖子都很不舒适，可还是没有实感，仿佛在看别人的胳膊似的。

她的头倒是真的疼，而脖子到左手腕又痒痒的，不知为何她感觉自己快要哭了。

"森若，你今天先回去吧。"

新发田部长不知道什么时候从部长席上走了过来，发话道。

勇太郎也停下了手里的活，在自己的座位上看向沙名子。

"可是我还有工作。"

"那就交给麻吹小姐做吧。麻吹小姐，你看可以吗？"

"没问题。"美华非常肯定地点头答道。

真夕回来了，她把冷却过的擦手巾交给美华，再由美华把它摁到沙名子的手臂上。凉意传来，稍稍驱散了一些痒感和痛感。

看来这截手臂确实如真夕所说般有些发烫。

"保险起见，请你保持联络畅通。"

虽然沙名子很不喜欢在休息时间还要保证自己能够随时被找到，不过目前她也没心思去回嘴了。她打算这次就依赖一下其他同事，今天先去医院看病拿药。

在离开财务室前，沙名子突然看向勇太郎，而对方也正看着她，神情间带着担忧。

"麻烦你们，我要报销——"

太阳意气风发地走进财务室，但得知沙名子不在，便露出了几分失望。

新发田部长和勇太郎开会去了，并不在场。

太阳当然是瞄准了这种时机的，他不会曝光和沙名子交往的事实，不过今天好歹是情人节，他总想来说点带有节日气氛的话题。

他看见真夕坐在沙名子的工位上，像是在和邻座的美华说着什么，这令他感到意外。

"今天由我来受理报销申请，山田先生，请把发票给我。"

美华注意到太阳来了，便开了口。

"哦——好的。请问……"

"太阳哥，我们森若姐今天早退了。"真夕答道。

太阳眨巴了几下眼睛，似乎没听到真夕在说什么。明明早上他给沙名子发去了问早安的短信，她还很普通地回复了"早上好"。

"早退？为什么？"

"身体突然不舒服，真少见啊，不过话说回来今天是周一，她看上去好像没什么精神。"真夕心情沉重，说这些话时简直像在自言自语，"我和美华姐——怎么说呢，我们现在已经和好了，刚刚还在一起反省，觉得我们凡事都太依赖森若姐了。我也太意气用事，明明现在根本就没时间和心思能拿来吵架嘛，而且我还算是美华姐的前辈呢。"

"仅在这家公司是前辈。"

美华迅速地接上一句。虽然她才刚进公司不久，不过却摆出了一副已经在这里干了好几年的表情。

"原来如此。那森若小姐不舒服又是怎么回事？昏倒了吗？"

"我才不告诉你，你的发票呢？"

太阳这才慌慌张张地把发票交了出去。他最近比以前更勤于跑来处理财务报销等事宜，一方面是他想见见沙名子，一方面是他不希望自己因为工作上的拖拉而被沙名子讨厌。

"太阳哥，能请你别给森若姐增添压力了吗？反正你也是白费时间。"真夕说道。

"我知道的啦！再说了她又不会把我当对象，你别操心这个了！"

"压力？什么意思？"

"没什么没什么，别理啦。"

看样子，真夕和美华相处得比之前好了，但比起这些，太阳还是更关心沙名子的情况。

美华检查了一下发票，然后收了下来。太阳则把手伸向了口袋中的手机。

工作期间禁止用手机收发私人电话短信，不过没有任何销售部的员工会严格遵守它。

在天天股份有限公司，为销售人员支付通信费用的方法有两种：一种是公司出钱付通信费，金额固定，销售人员需在工作上使用自己的私人手机；一种是直接用公司派发的手机。太阳选择了前者，毕竟同时用两部手机真的很麻烦，而且通讯记录和内容也会受到监控，这可太令人窒息了。

不过实际上，他之所以做此选择，主要还是因为这样一来，就算在工作时为私事使用手机也不会暴露……

太阳离开财务室之后迅速上楼，到三楼和四楼之间的楼梯间上开始发短信。在四楼办公的员工大部分都会搭电梯，因此几乎没人会过来，这里可是一片不为人知的好地方。

　　"沙名子小姐，你早退了？"
　　"没事吧？"

　　"谢谢关心，没事。"
　　"我现在正准备离开医院，不是什么大问题。"
　　"我今天会悠着点的。"

　　沙名子回复得很快，这让太阳安心了些，随即又开始关心她得的是什么病。尽管她说不是大问题，可还是让人很牵挂。
　　——不管是多亲密的男友，要是因为好奇去打听这种事，妥当吗？
　　他摆弄着手机，一筹莫展。这时，他注意到还有两条没看的LINE信息。
　　它们都是树菜发来的。

　　"太阳君，你这礼拜有空吗？"
　　"什么时候都可以。"
　　"其实我最近有些烦恼。"
　　"无论如何都希望有人能听我说说。"

"抱歉啊太阳君，你都有女朋友了。"

"如果不行那直接拒绝就好，不用顾及我。"

——树菜啊……

太阳深深后悔自己让那两条LINE变成"已读"状态了。

——她这突然唱哪一出？说实话，还真挺烦的。

树菜是太阳前女友的学妹，但她和太阳的关系可没这么好。三年前他和前女友的感情逐渐淡了，自然而然地分了手，之后他也就没再和树菜好好说过话。

说起来，他的前女友曾经提过"树菜是个有点烦人的姑娘"。

他最后一次见到树菜还是在去年的圣诞节，当时沙名子就在他身边。结果不知怎么的，打那时起他就觉得自己和沙名子差不多成了男女朋友。

因此他对树菜抱有一份感谢之情，加上前几天那张自拍照又很性感——不对，因为那张照片很可爱，所以他在LINE上给出了回复，两人也顺势稍微聊了一会儿。

"我这礼拜有点忙。"

"抱歉啦。"

"没关系，也没什么重要的事。"

"只不过是我现在和男友相处得不顺利。"

"收到你的回复我很开心，谢谢。"

"等你忙完我们再两个人一起去喝酒吧。"

树菜很快就回复了。

——她很闲吗？

其实太阳就连树菜有没有找个公司上班都不知道，不过他觉得她应该已经念完大学了。

——既然没什么重要的事就别发LINE给我啊！而且我什么时候和她两个人一起喝过酒了？

太阳边想边接着给她回复。

"哦！回见！"

"今天是情人节嘛，快去跟男朋友和好吧！"

"谢谢你！"

树菜在最后又附了一张照片过来，她用美图软件给图中的自己贴上了猫耳朵，还抱着一只猫咪。猫和她都很可爱，她的胸部也很可爱。

——不对不对，这可不是夸可爱的时候，现在沙名子小姐才重要。

沙名子没有向他求助，这反倒让他越发挂心。虽说他可以等下班后买些必备品送过去，不过沙名子应该常备有能够应付这种情况的食材，而且这也会给人一种他是想趁着探病之机去姑娘家里看看的感觉，可真是太拉低好感了……

"太阳！"

太阳还沉浸在思考中，就听到有人在喊他，他吓了一大跳。

镰本正从三楼往上走，他也晓得这个好地方。

"太阳你知道吗，森若小姐好像生病早退了，是什么病啊？"

"人家没生病吧？只是身体不舒服。"

太阳急忙把LINE关掉，但镰本还是一眼就看到了他的手机。

"又在看LINE，还是上次那女孩吗？"

"啊——是她。抱歉，她好像很烦恼，我下次不会在工作时间看LINE了。"

"她又发照片来了吗？给我看看！"

太阳有些犹豫，但还是让镰本看了树菜的新照片。

不知为何，镰本好像很喜欢树菜，把照片给他看就能岔开话题，他的心情应该也会变好。树菜大概抱着同样的想法。要是她没有这股自信，便不会发自拍给恋人以外的男性看。

"她叫树菜是吧？真漂亮啊，多大了？"

"比我小三岁，差不多二十四岁吧。"

"二十四岁哦！"镰本盯着照片咕哝道，"她不是你女朋友，对吗？那就让我来倾听她的烦恼吧！——我开玩笑啦！"

"树菜有男朋友了。"

太阳把手机揣入口袋中，往楼下走去。现下还有工作，他计划超速完成，等到一下班就给沙名子打个电话。

"医生怎么说？"

"他说我只是起疹子，可能是压力引起的，让我先涂上药膏观察一下。"

沙名子的猫咪"金枪鱼"正窝在她的膝盖边，喉咙里发出"咕噜咕噜"声。

她现在在老家。母亲收到她的短信后，比她想象的更为担心，于是她直接回老家去了。母亲其实也刚打完工，却还是体贴地给她泡茶、削苹果，忙个不停。沙名子一要帮忙，就被母亲制止，叫她坐着撸猫就好。

这种时候和母亲聊天是最治愈心灵的了。"金枪鱼"横躺着，把二人座的沙发占去了一大半。尽管回家很麻烦，但沙名子此刻却觉得回来一趟太好了。

"公司这阵子很忙吗？"

"是啊，马上就要到决算期了。"

"我原来还以为有新成员加入，你能轻松些呢。"

其实问题并不出在业务上。先不论美华的性子如何，至少她把工作完成得非常准确。平时忙归忙，部门里没有拖人后腿的同事已属非常幸运。

可她还是不能对母亲说，自己信赖的前辈正在和已婚的女同事谈一场不伦之恋。

医生问过她最近是否遇到了压力。

对此，她虽不愿去思考，不过也想不出其他原因。她原本以为自己还挺坚毅的，而事实似乎并非如此。连新发田部长都担心她了，这让她感到非常难为情。

"你年纪也差不多啦……如果交了男朋友，就告诉妈妈哦。"

沙名子差点被嘴里的苹果噎住。

"为什么这时候提到男朋友啊？"

"我只是假设嘛。没关系，只要是你选的人，我和你爸爸都会欢迎他的。"

——妈妈你在说什么呀！

沙名子很想这样笑着回答，但是眼前突然浮现出太阳那张无忧无虑的脸，反而说不出话来了。

太阳才没有压力，也没有忧郁的时候，自己对他的温柔上了瘾。他就是这样一个可靠但绝不会耀武扬威的男人。要是瞪大了眼睛仔细去找，他可能和欧比旺·克诺比[1]有那么一星半点的共通之处吧——不

1　"欧比旺·克诺比（Obi- Wan Kenobi）"是科幻系列电影《星球大战》中的角色。——译者注

过也就米粒大小。

"必要的时候我会说的。"

"这就对了。"

沙名子觉得自己的回答听起来简直就是在承认交到男朋友了，不过管他的。

她不知道带太阳回老家的那一天会不会到来，因为她也不知道他为什么喜欢自己。

太阳明明就有很多开朗的朋友，明明就和比他年轻的女性更为般配。

——啊，不行，我又开始积累压力了。

——不要去接近那些会成为自卑来源的事项。

沙名子又默念起了平时总念叨的"咒语"，而她的黑猫"小蚬贝"不知何时已经在沙名子的腿肚上蹭脸了。

在她喝茶时，包中的手机响了起来。

沙名子抬头看看时钟，发现现在是下午五点五十分。太阳严守着只有上班前和下班后可以联络的"规矩"，也就只有之前问她病况的短信是个例外。

她从包中取出手机，确认是太阳的来电之后摁下了通话键，并从沙发上站起身来，原本靠在她膝盖上睡觉的"金枪鱼"似乎对此很不满，"喵呜"地叫出声来。

"沙名子小姐你要紧吗？怎么回事啊？"

她刚到走廊上，把手机贴近耳畔，太阳的声音便冲了出来。

"没什么问题，就是手臂上发了些疹子。"

电话那头的太阳很明显松了一口气。

"疹子啊……太好了，不对，这当然不好，只是真夕和'母老虎'小姐的表情都凝重得不行，我还以为出大事了。你去过医院了，对吧？"

"去了，医生说要涂一阵子药膏，观察效果。我现在在老家呢。"

"原来如此，你老家离你家很近吧？那我就放心了——话说，要不我们周末别见面了？"

"我觉得没关系。"

"别太勉强哦，你明天还上班吗？"

"上的。"

"好厉害啊，换我肯定就觉得太幸运了，正好请个假休息！"

"有工作要做啊。太阳先生，你事情都做完了吗？"

"马上就能搞定，我已经很努力了，但果然没法按时下班。要是有事你就给我发LINE……不对，发短信吧，打电话也行，我今天不喝酒。"

"谢谢。"

"那我先去忙啦！"

太阳说完就立刻挂了电话，似乎是在公司趁着工作间隙急匆匆地打来的。

沙名子出神地盯着挂断了的电话。

——我喜欢太阳。

她不得不承认自己的心意。尽管去年的这个时候她还觉得他就是个厚脸皮又滑头的话痨销售员，真不明白现在怎么会变成这样。

"妈妈，我今天还是要回公寓去。"

"你就住下呗？从家里也能去公司呀！"沙名子的母亲正在厨房淘米。她虽然不赞成沙名子的想法，但也没有硬留她，只是惊讶地又加上了一句，"至少吃个晚饭吧，晚上让龙真送你回去。"

"嗯，好的，谢谢妈妈。"

沙名子钻进厨房，清洗起了放在那里的茶碗。

老家就像是一所令人倍感舒适的迷宫——在这里，时间是静止的，她则成了爱撒娇的女儿。所以这样的状况可不能持续太久。

不知是否药膏和猫咪发挥了作用，她胳膊上的红肿似乎消退了一些。

"所以你一定要和他好好谈一次啊，不然可不行……"太阳和树菜面对面地聊着。

他们现在正在"天天"附近一家步行可达的家庭餐厅里。

他和树菜已经有三年没好好说过话了，而且这大概还是三年来头一次单独相处。

他最终还是没能在下班点完成工作，因为实在等不及，就先给沙名子打了电话，得知她没有大碍之后总算放下了心，开始继续工作，可树菜却发了LINE过来。

"我刚才一直在哭。"

"能和你见见面吗？十分钟就好。"

"我就在太阳君公司附近的家庭餐馆里，等你下班。"

——为什么这种时候来找我啊……

——而且为什么要找我啊……

——还有啊，我现在怎么就已经有沙名子小姐了呢？

太阳一边喝着第三杯可可，一边暗骂着自己女人缘太好。

如果没有沙名子，也就是说如果恢复到去年春天之前的状态，就算是太阳应该也会认真陪树菜的。他会对树菜那个不诚实的男友表示愤慨，不断教她怎么和对方和好，再期待着收到她那些可爱又性感的照片。

——世上真有这种"桃花运"吗？所谓"一个个送上门来"其实是指，只要受到一个异性的青睐，就会出现第二个吗？

——但我现在和沙名子小姐正瞒着所有同事，在慢节奏恋爱中，所以已经腾不出手干别的啦。

——可再怎么说也不能放着哭泣的女性不管啊。

尽管太阳不是为了树菜才尽早结束工作的，不过他还是没有直接回家，而是赶来了她在LINE里说的家庭餐馆，找了个禁烟座坐下。而他之所以忍着饥饿，一次次跑去餐厅内的饮料自助区那里添加饮品，就是因为要听她倾诉。

"我明白的啊，但我果然还是喜欢他的，好怕面对现实啊……"

树菜一边啜饮着粉色的柠檬果汁一边说道。

像这样当面看去，树菜果然很可爱。

大学期间，她参加的是网球社，从那时起就是个可爱姑娘了。当时太阳大四，她大一。在她入学才三个月的时候，已经和社团内最受欢迎的男生黏在一起了，按太阳当时的女友的说法，其中似乎有很多故事。由于这是个跨校联合社团，他和树菜的大学不同，而他当时又忙于找工作，所以不清楚详情。不过树菜现在的男友也另有其人就是了。

天天股份有限公司亦不乏美女，美月也好希梨香也好都很强势，反观沙名了，虽然样貌标致，但太过朴素，并不引人注目。她工作时完全不会带有女性特有的魅力，因此使人很想去守护她，而这种感觉让太阳觉得很新鲜。

"我也没能把巧克力送给他，真想扔了啊。"

树菜低垂着头。桌上放着一盒巧克力，用可爱的包装纸包着。从刚才起她就把这句话重复说了好几遍。

"别扔啊，你好不容易才做好的。"

"太阳君你能收下它吗？"

"你结论下得太早啦，不好好问清楚怎么知道他到底是不是真劈腿了？说不定只是碰巧呢。"

"你觉得有谁会'碰巧'和女人去酒店？"

"可能是和同事出差呢？我们公司要是和酒店合作，就会跟策划科的女生一起去，去年我还和带着儿子的单亲妈妈一起去了主题公园。"

"会去那么多地方吗？"

"只搞批发可占不到好的铺货位置，开拓新客户也是必要的。我们在全国各地都有销售业务，经常要跑去各种地方。"

"嗯……真辛苦啊，我还以为你们只是卖卖美体皂和浴盐呢。"

"大家都很辛苦，不过我们卖的不是美体皂和浴盐，是肥皂和泡澡粉，这一点很重要。"

"天天股份有限公司好像是家很有趣的公司呢，我还想再多听你说说！"

"有趣是蛮有趣的，不过别扯我啦，还是说说你男朋友吧。你去和他聊一下工作方面的话题，应该也会很有趣。"

"说得是呢，如果阿直也是'天天'的就好了，他还是最适合这样的公司。"

树菜露出了无力的笑容。

她的眼睛又湿润了，不过似乎稍微恢复了一点精神。

太阳放心了，第三杯可可也喝完了，他寻思着差不多可以结束了。树菜却将手伸向了立在桌上的菜单牌。

"我饿了欸。太阳君，我可以喝酒吗？"

"喝呗。"

"你呢？"

"我今天不喝，因为可能会有重要的电话。饭也不用了。"

"是吗……抱歉啊，你那么忙还叫你出来。"

"没事，你更不好过嘛。哦，不好意思，手机响了。"

桌上的手机开始震动，太阳瞬间松了一口气，但当他发现那是沙名子打来的电话时，又吓了一跳。

自打两人交往起——或者说，从太阳告白起，这还是沙名子头一次打电话给他。

"稍等，我接个工作电话。"

他手忙脚乱地抓起电话，一接通就站起身来往门口走去。

"太阳先生？"

沙名子的声音还是和平时一样沉静，太阳自己看起来才形迹可疑。

"啊！沙名子小姐你好！怎么了？"

"我现在已经回家了，心想着你大概下班了吧，就给你打了电话。"

"原来如此。我现在在外面呢，要是下班直接回家就好了。你手腕好些没？"

"嗯，有好转了。刚才的通话太仓促了，我只是有点想听听你的声音，抱歉打扰你了，我挂了哦。"

"啊，嗯。"

——她说"我只是有点想听听你的声音"，这简直就像是我们俩正在交往啊！

——不过真不愧是沙名子小姐，就是会在这种让人激动的时候挂电话。

太阳看了看钟，发现已经八点多了。他心想沙名子应该是在老家吃完晚饭后又回到了独居的公寓里吧。

——我要是也早点回家就好了，真想在家和沙名子小姐随随便便聊个不停啊……

"太阳君，你的女朋友是公司同事吗？"

他步履沉重地回到位置上，就听见树菜这么问她。菜单又被她放回去了，像是没有点菜。

"嗯。"

"真抱歉，今天来见我没问题吗？"

"都叫你别介意啦。"

"你女朋友可真幸运，我好羡慕她，太阳君你很温柔呢。"

"没这回事。只要树菜你愿意，好男人肯定要多少有多少！"

"但我真正喜欢的人总是不喜欢我。"

树菜看上去很寂寞，她的侧脸就像迷路的少女一般，让太阳有些

心动，

——他是在咖啡馆里呢，还是家庭餐厅？

沙名子挂断电话后，在自己公寓的厨房站了一会儿。

虽然她并没打算去听，但还是听到了电子门开关时发出的声音和女服务员说出的"欢迎光临"。

——工作结束后，他会在这种时间去家庭餐馆吃饭吗？而且怎么慌慌张张的？

他一直叫沙名子打电话给他，但似乎从没想过她真会这么做。

——算了。

她很清楚太阳那张嘴什么话都说，是没事还突然打电话过去的自己不对。

她收拾了一下心情，去泡个热水澡。

在等水加热时，她取出空便当盒，然后烧水沏茶。今天不用做晚饭，所以可以轻松度过。

她习惯回家后直接做家务，连坐都不坐一下。因为一旦坐下就会发呆，浪费掉几十分钟。

今天就不用泡澡粉了。等洗完澡她还要往手臂和脖子上涂药膏，再重新搽指甲油，随后便能悠闲地边喝加了蜂蜜的洋甘菊茶边吃葡萄柚，那是母亲剥好的，给她塞了满满一保鲜盒。

她也不打算观赏影片，而是准备读一会儿手头正在看的外国推理小说，等困了就去睡觉。明天拿速冻食品来做便当里的小菜。

当有事发生时，回到原点、恢复常态是很重要的。

泡澡水加热好了，沙名子进了浴室。

在跨入浴缸前，她顺便去照了照镜子，看看上半身的情况。

疹子已经好多了，左臂内侧还泛着红色，但每一粒都变小了。虽然仍有些痒，不过已经不像在公司时那样热辣辣的。这真得感谢真夕他们注意到她的异常还让她早退。

她希望在周末前痊愈，希望在见到太阳时穿上刚买的缀有宝石的针织衫。那件衣服的领口开得挺大的，要是皮肤状态不好就麻烦了。

"森若姐，你没事吧？医院怎么说？"

第二天早上，沙名子来到财务室，捧着水壶的真夕关心道。

"只是起疹子，昨天真谢谢你，我自己都没发现呢。"

"是吗？那太好了。你的脖子也没昨天那么红了。"真夕松了口气，"唉，我也反省过了。我平时只知道依赖森若姐你，所以以后必须要更加靠得住才行啊！"

"为什么会起疹子？"

美华问道。她手里正拿着星巴克的咖啡，是在上班路上买的，每日如此。

"医生说可能是因为压力，不过具体原因不详。"

"是吗，这倒挺常见的。"

"昨天麻烦你干了额外的工作。"

"这也很正常吧？让手头有空的人来干是理所当然的啊。对了，昨天你没处理完的文件里有几个疑点。"

沙名子觉得美华的性格很吃亏，她明明就不像看上去那么冷淡。

"疑点？"

"说到底，秘书科真的有必要送巧克力出去吗？那张名单里还有几年没合作过的公司，可有些该送礼的公司却没见着。我弄不懂他们是按什么标准来选定送礼对象的。"

"你调查过了吗？"沙名子说道。

她拜托给美华的工作是将玛莉娜提供的赠礼名单和发票对照，再把请款单填上，没什么要调查的，整件事虽然烦琐但不用动脑子。

巧克力的费用是十二万日元出头，名单上则有三十二家客户。

"我觉得按巧克力的售价来说，这也太贵了。情人节的巧克力是该由秘书去送给客户的吗？我很想去问问有本小姐，不过在那之前还是先请教你比较好。"

"送礼的理由并不是我们财务人员该去研究的。现在报销单已经填清楚了，总务部的新岛部长也批准了，去年其实有过同样的行为。"

"这样啊？我看了之前的记录，发现情人节赠礼是一项传统。每份巧克力的价格从两千日元到五千日元甚至近万日元都有，确实太贵了，而且就秘书科而言，送巧克力的对象居然比送年终贺礼的还多。如果这是每年的惯例，那不是更应该好好写请款书吗？"

其实沙名子也是这么想的。

"秘书科的支出属于'特殊类'。"沙名子稍作思考后答道。

不管怎样，这事是一定要告诉美华的。

"'特殊'是什么意思？没这种说法吧？"

"就是因为没有正规说法才这么称呼的，也可以说是不经由销售部而产生的业务。像是这种秘书科直接和客户往来所产生的支出，还有不能计入销售额的收入。这种'特殊类'的支出部分算是杂项支出，收入部分就是杂项收入。天天股份有限公司是一家老公司了，秘书科以及董事会在维护客户关系时肯定需要'特殊'的经费。"

美华皱起了眉头。

"这到底是怎么回事？希望你能直说。"

"说是'人情'的话你应该能明白吧？我们公司对一些地方上的小型温泉经营者和以前帮助过社长的公司，就算吃亏也会继续和他们做生意。你可以把这些赠礼也理解成其中的一环。"

美华凝视着沙名子，小声自言自语道："其实就是'人情恩义'的意思吗？因为对方曾经对自己有恩，所以就算放弃利益也要继续和对方做生意？真没想到现在还有这种化石一样的公司。公司财务方面对这些都是认可的吗？"

美华果然理解得很快。

"经营方针方面的事请你去咨询勇哥，不过怎么把握尺寸就看你了。有本小姐的特殊类费用挺多的，新岛部长也就经常不做核查了，也可能是插不了手。因此就会变成财务部去询问细节，就像这次一样。"

"我觉得应该不全，大概就是其中一部分客户。"

美华的视线又落回到那张名单上，略作思考。

"也就是说，这份名单相当于特殊客户一览表啰？"

"不过这次的标准又是什么呢？秘书科是怎么决定给哪些客户送巧克力，而哪些客户没份儿呢？"

"这我就不清楚了。"

"是看负责人的长相吧？"

一旁的真夕插话道。她手中正端着刚冲好的速溶咖啡。

"长相？"

"是呀，玛莉娜小姐很挑长相的，而且她好像还是单身吧？去年希梨香调查过这件事。不过这也就是她在公司内部的情况哦，不确定对外是否适用。"

"调查了什么？"

"说是调查，其实就是到处打听了一下呗。玛莉娜小姐好像很喜欢送人家友谊巧克力，经常送给销售部和开发部的男同事们。比如说销售部啊，去年太阳哥和山崎哥就收到了她的巧克力。这不是一看就懂了吗？"

"懂什么？"

"她就挑那些没结婚的、没有女朋友的、长得还不赖的、工作能力还不错的人送呀。镰本哥啊、立冈哥啊就没得拿喽。还有已婚人士也没份儿。像开发部有同事以前一直都会收到她的巧克力，但一结婚就再也没有了。真是很露骨啦。"

"她不至于对外人也这样吧？"美华又蹙眉道。

"哎，毕竟是玛莉娜小姐嘛，做得出也不奇怪。"

"同事们都这样吗？就是——大家都会在公司内部送巧克力，而且赠送标准还是相貌好坏？"

"不，只有她一个是这样。"沙名子立刻答道。

天天股份有限公司虽然有宽松的一面，但整体还是一家稳健的企业，大部分员工也是如此——尽管有精明滑头之处，但总的说来还是非常认真的。她不希望被美华误解。

美华看着那张名单，陷入了沉思。毕竟没法去一一调查那些客户公司的对接负责人是否单身。

"在我进公司前，'天天'好像有赠送友谊巧克力的传统，新来的女员工要给男同事们送巧克力，不过现在已经不搞这一套了。"

"无聊的陋习。"美华评价道。

沙名子也赞同这一点，正当她打算说出"我也这么认为"时，突然想起了什么。

"这么说来，在我进公司第一年时，总务部的横山窗花小姐好像通知过我要送巧克力，当时我很忙，就把这事托给了美月。难道就是那个传统吗？"

"哦，肯定就是了！森若姐你进公司那年起这个传统好像就作废了，太好了！好不容易不再这么搞，我才不希望它复活呢，还得花钱。现在还会给男同事们送巧克力的差不多只有窗花姐和玛莉娜小姐了。"

"男同事们其实也不怎么想要吧？收了还得回礼呢。"

"不过还是有人抱着期待啦。前阵子太阳哥还来问我和希梨香能不能给销售部的弟兄们送巧克力呢。"

"山田先生为什么这么说？"

"因为有人收不到巧克力呗。"真夕苦笑着答道，"销售部在工作时经常会和女性客户往来，这个时节会从各处收到巧克力嘛，但总有人就连友谊巧克力都收不到啊，于是太阳哥、镰本哥他们心情好像不太好，虽然公司外头有姑娘在追太阳哥，我们送不送他应该是无所谓的。"

"有姑娘追？"

"是啊。哦，我还想告诉森若姐你的呢，怎么就忘了。你没在更衣室里听说吗？其实我还蛮惊讶的！不过已经是昨天的事啦。"

"我没听说啊，昨天我早退了，今天就来得比较早。"

沙名子说道，她希望自己的声音听起来尽可能自然些。

"昨天傍晚希梨香刚出公司，就被一个女孩子叫住了，问她销售部的山田先生是不是还在公司。希梨香打算帮她去把太阳哥喊出来，对方却说没关系，她会自己联络的。按希梨香的说法，那女孩超有女人味，而且愁容满面，一脸想不开的样子。"

"是他女朋友吗？"

美华问道，但真夕摇摇头，继续说了下去："大家都这么说，不过我认为不是。女朋友怎么会问他在不在啊？希梨香也觉得不像，因为她不是太阳哥喜欢的类型。而且太阳哥这人有点轻浮，看着就是被人家拿来当备胎的。"

"嗯……"

——山田先生是不是还在公司？

——如果确定他在，那女生打算做什么？而且看到有不认识的女员工从公司大楼里出来，就上去抓住人家问东问西的，不用说也知道是希望对方去公司里把话传开吧？

沙名子想起太阳昨天晚上八点左右还在家庭餐厅，接电话的时候也格外慌张。

"真夕，你要给销售部的人送巧克力吗？"

"当然不送，要是养成习惯了会很麻烦的。"

美华改变了话题，真夕一边喝着咖啡一边回答。

沙名子虽然不清楚来龙去脉，不过总觉得她俩比原先融洽了。和真夕闲聊很让人放松，对眼下精神压力过大的她而言真是太让人庆幸了。

昨天下午她一边扫视着太阳发来的短信，一边琢磨着要给他的巧克力。

他们约在周六见面，不过上周末她哪有心思试做巧克力啊！

——这下子只能直接上手做手工松露巧克力了吗？要是没法送给他，他可能会很失望的。

太阳确实有种会被别人当备胎的感觉。沙名子打算在周末见面之前都只给他发短信。

"太阳先生，今年你收到友谊巧克力了吗？"

"收到啦——"

"吃醋了？"

"才没有。"

太阳正在美妆药店里。

现在是周六上午，天气晴好，而且幸运的是，他家附近有三家美妆药店，都是步行就能抵达的。接下来他必须趁早把相中的东西买下，随后回家。

他和沙名子约了下午见面。

对他而言，今天是个非常重要的日子。虽然他们有时会在下班后一起去吃饭，不过最后一次正儿八经出去约会还是在圣诞节那会儿了。

那时候沙名子穿着一件漂亮的连衣裙。在吃饭的时候，他说想要一直一直好好珍惜她。听到这话，她的脸微微红了，然后回答说谢谢。之后，他牵着她的手，一起步行到车上，两人之间的距离比原先又近了一步。

也就是说，太阳和沙名子已经在交往了。证明完毕。

可即使理智上已经明白了这一点，太阳心里却总是焦急不已。沙名子的短信还是那么冷淡，在公司的态度也不曾改变，他有时甚至觉得他俩在交往其实是他的幻觉。

总之，他俩今天久违地在休息日约会，他很想去远一点的地方，不过沙名子身体仍不太好，所以他心想还是观影购物、喝茶吃饭之类的活动比较妥当。

之后如果气氛够好的话，她或许还会来他家坐坐，这下子就非得先打扫一下不可了。

他如此这般地规划良多，可却一直在加班，打扫工作只能放到今天早上。

沉眠已久的吸尘器吸力变弱了，他拆开一看，发现里头的垃圾袋已经满满当当的。

于是，太阳就在和沙名子约定的三小时前才出去买东西。

他终于在第三家美妆药店里找到了合适的吸尘器专用垃圾袋，随后他顺便买了咖啡豆、红茶和杯面，又去肥皂专区确认了一下天天肥皂被摆在怎样的销售位上。

"巧克力和泡澡粉的组合装是很实惠的礼物……"他一边看着那些生硬的宣传语，一边思考着沙名子是不是没有嫉妒心。

她从不会说一些任性或者无理的话，对他的工作性质简直是理解过头了，而他的收入、出差计划等在她面前也是透明的，她从不会为这些起疑。

——其实她并不怎么爱我吧……

不过先别说爱不爱了，沙名子本身就给人一种不需要别人来帮忙的感觉，虽然她对太阳是比以前要温柔和依赖，但如果太阳提出分手，她大概也会立刻答应。他明白她可能只是不习惯撒娇，所以打算慢慢来，只是这么一想依然觉得有点寂寞。

——偶尔也发点自拍给我嘛，不舒服的时候也可以联系我啊……

提到自拍，太阳又想起树菜来。

他觉得跟树菜那样的女孩子交往肯定很累，她一会儿哭一会儿笑的，而且完全无法预测她的行动，根本不管男方的安排就自说自话来公司等人，胡思乱想然后陷入烦恼，明明有男朋友还给其他男人发性感的照片，要是放着她不管她就不知道会跑哪儿去。

不过树菜麻烦归麻烦，毕竟还是很可爱的，所以八成不会有空窗期——太阳琢磨着，就把上周她发来的自拍点开，打算看上一眼，这时手机却响了起来。

他吓了一跳，本以为是沙名子找他，还高兴了一下，但发现是LINE上来了消息，便又转为失望。

而且发件人还是树菜。

"太阳君，是我，树菜。"

"我已经撑不下去了。"

"不知道该怎么办才好。"

"我们能见个面吗？"

——搞什么啊……

太阳盯住了手机，简直头疼极了，他很后悔看了这条信息，搞得对话框旁出现了"已读"标记，但他也对这种想法感到惭愧。

树菜和男友阿直相处得不顺利，阿直老是花心，而且很乱来，太阳觉得树菜应该和他分手，但阿直也有温柔的时候，所以总是分不掉。

可是太阳也就今天有安排，接下来他必须回家去大扫除，准备好和沙名子见面。

"抱歉，今天真不行，我等会儿要和女朋友约会！"太阳正准备这么回复，但到底说不出口。他感到很烦恼，而LINE上的消息又接二连三地发了过来。

"我知道太阳君你有女朋友了。"

"所以并没有抱什么不该抱的期待。"

"但是我无论如何都不想一个人待着。"

"谁都好，能陪我就可以。如果你也不理我，那我可能会把自己随便交给什么人。"

在太阳刚结完账的时候，她又发了三条信息过来：

"抱歉，我刚刚撒谎了。"

"其实我很有精神哦——"

"忘了我刚才的话吧（笑），拜拜！"

太阳把杯面装入塑料袋，提着袋子在原地站了一会儿，随后放弃挣扎，回复她道：

"你现在在哪里？"

"涩谷。"

"具体地点呢？"

"附近有没有家庭餐厅？"

太阳一边和树菜聊着，一边打开与沙名子短信往来的界面。

"沙名子小姐，我可以晚一个小时到吗？"

"好啊，那就两点半吧。"

"我很期待呢。"

沙名子依然那样好说话又明事理。太阳虽然觉得自己很不讲理，但却希望她能说些难听的话。可如果自己说现在要去和其他姑娘见个面，她大概也只会说"可以"。估计就是这样。

"啊……"

手机响了，外头的天气简直好得让人生厌，太阳拎起美妆药店的塑料袋，仰望天空。

"太阳君！"

太阳朝着家庭餐厅走去，树菜便向他跑了过来。

这一带说是涩谷，但也属于郊外了，赶过来还是花了他不少时间。只见她穿着薄大衣，围巾一圈圈裹在脖子上，妆容比以前都淡。

"你在店里等我不就好了？"

"才不呢，我想尽早见到你嘛，抱歉啊太阳君，你正好有事在忙吗？"

树菜给人的感觉比LINE上描述的还要精神。太阳心想"果然如此"。

他一言不发地走上了家庭餐厅里的楼梯，树菜则有些无措地跟在后面。

"对不起啊，你生气了吗？真的对不起。"

"我没生气——所以你和男朋友又怎么了？"

太阳一坐下就开口了。

树菜低下了头。

"……就是，发生了好多事。我好难过啊，但还是努力忍耐了。你能听我说说吗？"

"嗯。"

女服务生过来了，太阳就点了两杯自助畅饮，树菜还是低着头，沉默着。她已经摘掉了厚围巾，穿着第一次发给太阳的自拍中的那件针织衫，领口松松垮垮开到前胸，里面的光景都能看个七七八八了。

"你很不容易吧？"

既然树菜不说话，那么太阳便主动问起了。

"是……其实，我听了太阳君你的建议，去找阿直谈了，结果他是真的劈腿。但我不想分手，也不知道该怎么办才好，等回过神来就发现已经给你发LINE了。"

"这种男人当然只能甩掉啊！"

"嗯……你说得对。"

"树菜你肯定能很快找到新男友的啦。"

"嗯……"

树菜点着头，随后把手伸入身旁的包里。

"还有啊，这个，是我刚才给你买的。"

树菜从包里拿出一个扁扁的盒子，它用粉红色的包装纸包着，还系了红蝴蝶结，是那种市面上到处有卖的巧克力。

"不……不用了。"

"我没有别的意思，这只是一份礼物，我不是那么'有本事'的女人。"她用湿润的眼睛看着太阳，说道，"来这里之前，我想了很多，像这次——我觉得就是因为有你在，我才能下决心把事情都说出来。今天你能陪我一天吗？我请客，做什么都行，太阳君你想要什么就尽管说。"

"谢谢。不过我今天两点，不对，一点前必须回去，真不好意思了。"

"好吧……我就知道……"树菜又一次低下了头，"求你了，只有今天就好，明天开始我们就恢复成原来那样，互不相干，但是我今天真的没法自己一个人待着。不然我就回阿直身边去。"

旁边桌上有位带着家人来吃饭的男士，正漫不经心地看着太阳和树菜，此情此景怎么看都像是男方把女友惹哭了。太阳无奈之下左顾右盼，终于看到有个男子四下张望着从店门口进来了。他这才松了口气。

"前辈！这里这里！"

太阳不禁提高了音量。

树菜抬起了头，那位带家人来的男士也飞快地朝门口那边看了一眼。

"哎哟，太阳，怎么啦？"

来人是镰本。

——真是救命的神仙！

其实太阳一问到家庭餐厅的地址，就用LINE把它发给了镰本，幸亏他正好没什么事。

镰本没穿西装，而是选择了裤子配针织衫，但看着像名牌货，和太阳那一身宽松的运动服不同。

"抱歉啊镰本哥，突然叫你出来。树菜，这位是我公司的前辈，姓镰本。镰本哥，这姑娘叫树菜，是个特别好的女孩子哦！"

太阳刻意拿出一副开朗的口气。

"你好，我叫镰本义和，太阳从进公司开始就和我一组，所以你尽管放心，不用拘束！"

"树菜你不是说谁都可以吗？镰本哥单身，而且非常可信，不管你有什么烦恼他都会听你说的！"

树菜瞪圆了眼睛盯着太阳，似乎生气了，但是在她插话之前，太阳就已经站起身来，说道："树菜啊，我还有急事，就先走啦，不好意思！镰本哥，我也知道这很突然，不过拜托你了，请别把我的朋友弄哭哦！"

"好！交给我吧！"

此刻的镰本让人感觉前所未有地可靠，反正树菜说了想找个天天股份有限公司的员工做男朋友，那么简直没有比他俩更般配的组合了。

太阳把桌上的巧克力塞入美妆药店的塑料袋，随后匆匆离去。

太阳的房间就跟沙名子想象的一样。

"出门前本想打扫一下的，可时间来不及，结果就这么直接请你过来了。请坐，我立刻收拾好。"

沙名子站在玄关处，太阳慌慌忙忙地把扔在那里的吸尘器塞到储物柜里去。

沙名子很少进别人的家，可能大学毕业之后就再也没去过了。

"不用在意，你家也没有很乱啊。"

"现在是还行啦，但我忙的时候家里就惨喽！对了，要喝咖啡吗？我还有啤酒，也买了红茶，不过我放哪儿来着……"

太阳一边往电水壶里放水，一边说。

他似乎是预料到今天沙名子会来他家，所以做了准备工作。

他住在一栋旧公寓的二楼，1K房型[1]，挺宽敞的。这套房间位于拐角上，窗户很大，玄关一侧是一间小小的厨房，在放餐具的地方倒

---

1 "1K房型"指一间大房间带一间独立厨房的房型。——译者注

扣着几只马克杯、大号拉面碗以及雪平锅，看着都像是赠品。水槽下面挂着一只塑料袋，里面装着空的宝特瓶和罐头。

沙名子放心了。虽然她完全不知道单身男性独居的房间该是什么样子的，但之前还担心过，万一这里到处都扔着脏东西或者摊放着太阳感兴趣的藏品可怎么办。

房间靠里有一张床，一个双人沙发贴墙放着，外加一张迷你的玻璃桌；附有书架的写字台上摆了笔记本电脑和音响，架上则塞满了漫画。沙发对面是一台电视机，还有一台间接照明灯和一株高高的观叶植物，像是用来区隔床和沙发的。那株植物倒是还活着，然而看样子也没得到什么照料，总之内部陈设给人一种下过一番功夫但效果却不理想的感觉。

就和太阳在公司里的办公桌一样，堆满了没用的小东西，不过也说不上脏，仔细看看反而有种物主自己的秩序感在其中。

桌上还大刺刺地摆着美妆药店的塑料袋。

太阳在房间里急得团团转，终于看到那只袋子，便慌慌张张地拎起，从里头拿出红茶茶包，顺便把那份粉红色包装的巧克力拿了出来，放在桌上。

"沙名子小姐，你要吃巧克力吗？送我的人说是什么友谊巧克力来着。"

"啊，好。"

"热水开了，稍等一下哦。"

"嗯。"

沙名子都没什么话可说了，她不知道这种时候该说些什么。

她和太阳约在新宿碰面，太阳直接提议去看电影，但她拒绝了，因为她喜欢自己一个人看。他们逛了新宿的伊势丹和南阳光广场，在吃晚饭时稍微喝了一点酒，之后太阳便问她要不要去他家看看。

说完，太阳就没再像原来那样多话了。等她走进太阳的家门后，发现看起来比她想象的大很多，让她有些害怕，心想着跑过来真的妥当吗？

太阳坐在她身旁，把一罐啤酒放在桌上，"噗"的一声打开易拉罐。接着，他将手伸入刚从厨房拿来的纸袋，里面成排放着一些盒子和小包。

"看我收到的友谊巧克力，多吧？这是销售人员的特权呢。"

"秘书科的有本玛莉娜小姐也给你了？"

"给了，就是包装上有装饰的那个。"

沙名子拿起那盒巧克力。

她差不多能想象出其中每份的价格，一方面她查阅了玛莉娜的报销单，另一方面，她自己也看了很多市售巧克力。

最时髦的那份巧克力盒上印着沙名子不知道的店名，还附带一张贴着曾根崎梅莉母子照片的卡片。此外另有一份少见的有机巧克力棒，以及市售的小盒装什锦巧克力。

玛莉娜送的那份也被她列在报销单上，购自有名的专卖店，沙名子记得一盒六颗装的大约二千日元，盒子上缀了一个太阳形状的金色挂件，大概是为了装饰巧克力盒而特地买来的，沙名子忍不住嘲讽地心想："她可真是在细节上费心了呢。"

她觉得自己眼下的行为很有问题，就仿佛是想确认什么才来太阳家似的，但她却想不起来要确认的内容，可能是刚才稍微有些喝多了。

"沙名子小姐，你全吃了也行，都还没拆开过，而且我就算收到了高级货也不懂好坏的。"

"我还以为你就是喜欢吃甜食呢。"

"喜欢是挺喜欢的，不过只要有你送我的就够了。"

太阳从另一个纸袋中小心翼翼地取出一个小盒子。

那是沙名子亲手做的松露巧克力，一种由黑巧克力制成，一种则用了白巧克力，然后按口味区别，以每两颗为一组被装在盒中。今天一见面，她就把它们交给了太阳。

沙名子家的冰箱里还有成倍的失败品，周五晚上她边看《绝命毒师》边做巧克力。这玩意儿即使是有厨师手艺的人按配方来做，似乎也未必顺利，在她的精心挑选之下，能送得出手的也只有四颗。

再加上没有合适的盒子，她拼命在中午前去买了一个，包装亦很花功夫，当太阳联络她说要晚到一小时的时候，她着实松了一口气。

"这是？"

桌上还有一只扁扁的粉色盒子，是太阳刚刚从塑料袋里取出并放在一边的。

"那是从女性朋友那里收到的。"

"女性朋友？"

"就是圣诞节在东京湾跨海公路遇到的那女孩啦，你还记得吗？她叫树菜。之后她发LINE说有烦恼想找我商量，我就和她见了见。"

"哦——这样哦。"沙名子尽量冷静地回答。

那个"树菜"大概就是抓住希梨香问太阳在不在公司的女孩，她努力回想圣诞节偶遇时树菜的样貌，但只记得对方娇小又可爱。

——你们就是在我早退的那天见面的？你不是说我随时可以联系你吗？那怎么还在家庭餐厅和那女孩聊天？

她正准备这么问，可即使这是事实也不能说明他们之间有猫腻。

"她好像要和男朋友分手，很不好过，今天也突然把我叫出去了，所以我迟到了一小时。这巧克力就是今天给的。"

——怎么又见了一次？见她比和我约好的时间还重要？

"所以这个——"

"这就是个友谊巧克力，因为她只是我的朋友嘛。"太阳强调道，语气甚至都有些不自然了，"我和沙名子小姐你约好了，这是我的底线，于是我就叫上了镰本哥，把树菜托付给他。反正树菜说谁都可以，镰本哥又闲着——我之前给他看过树菜的照片，他可中意了，那今天不是正好吗！"

"就算镰本先生认为人家不错，那女生也觉得没问题吗？"沙名子问道。

沙名子并不认识那个"树菜"，心里对她也有气，不过还是一码归一码的。太阳被她叫出去，两人碰头，接着又突然把她托付给第一次见的男性——这算个什么事？

况且镰本这人的风评不是很好，真夕和希梨香都提醒过她别搭理镰本。

"这我哪知道呀，只能当她也没问题啰，还是说你希望我和树菜待在一起？"

太阳难得像在赌气似的说话，还用力靠在沙发上，喝起了啤酒。

"我不要。"

"对吧？"

太阳的表情意外认真，沙名子也觉得自己有些反常。

"太阳先生，可以给我红茶吗？"

"好啊，我去泡。"

"如果有牛奶，请帮我加一点。"

厨房传来了水烧开的声音，等太阳离开，沙名子从桌上拿起树菜送的巧克力。

为了不弄破包装纸，她拆得非常小心，随后发现扁平的巧克力盒上贴着一张小小的粉色卡片，上面写着：

"太阳君，你是我非常喜欢的前辈，一直以来都很感谢你！"

"我平时会在社交平台软件上玩！"

"可以关注我的账号哦！"

手写的字迹非常可爱，下面还附有两个社交平台账号。

沙名子把卡片扯下来，又往盒中看去，只见内部装着六颗心形的酒心巧克力。当她确认里面没有再放其他东西后，又麻利地把它重新包好并放回原处。而就在这时，太阳回来了。

他端着一只马克杯，杯中泡着红茶。

"谢谢。"

"我可以吃你给的巧克力吗？"

"可以呀，不过可能不太好吃。"

"好吃啊，我确定！"

太阳再次坐到沙名子旁边，拆开她送的巧克力，将苦味款的松露巧克力送入口中。

就在太阳专注品尝的时候，沙名子把树菜给的卡片紧紧握在手中，然后悄悄塞入自己的包里。

她是个消极主义者，怕麻烦，所以一旦看到火苗当然要及时掐灭。

"好吃！我觉得沙名子的最好！"

太阳的嘴唇上沾着一点点可可粉。

——好吃就好。不过他怎么突然把称呼都省了，直接叫我的名字？

沙名子正这么想时，太阳已经伸手抱住了她。

"沙名子。"

太阳低声唤着，两人的面颊相触，然后自然而然地接了吻。

沙名子很困惑，她担心自己嘴上也会被沾到可可粉。

她是第一次经历这些。太阳没有跟她提前说过，她也没有任何准备。明明身上的疹子还没有完全消掉，胸口皮肤的触感还很粗糙。

太阳总是那么温柔，温柔到让人觉得心疼，这种又苦又甜的感觉仿佛要将沙名子融化。

第四话　如果正义不能取胜，那坚持正义还有什么意义

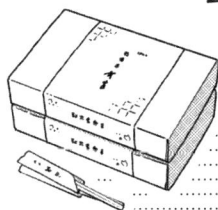

"有本小姐，这位是财务部的新成员，麻吹美华小姐。"

等沙名子介绍完毕，玛莉娜才仿佛刚注意到她在说话似的抬起了头。

她们都在天天股份有限公司的董事会秘书办公室里。

这间办公室里有一扇门，能直接通往董事会议室，不过这里实际上就是玛莉娜的个人办公室。

从门口进来，便能看到正前方的大窗户，手边有书架和皮革沙发。玛莉娜背对窗户坐在办公桌前，而这张办公桌和书架一样都是樫木色的。

"说起来，财务部确实来了个新人呢。"

玛莉娜将手搭在目测就很高级的椅子上，缓缓抬起一条腿，搁在另一条腿上。

她的白色外套开到胸口，里面是佩斯利花色[1]的内搭；她的头发则

---

1 "佩斯利花色（Paisley）"，是一种由圆点和曲线组成的华丽纹样，状若水滴。它的名字来源于苏格兰，花纹细特点是细腻、繁复、华美，具有古典主义气息。——译者注

是胡桃色的，项链也很大件，指甲修得又尖又长，涂成紫色，口红似乎刚刚涂好，还精心画了眼妆——在这间办公室里，她真是美得毫无必要。

"有本玛莉娜小姐，我之前应该在财务室和你打过招呼，所以我们不是第一次见了。以后会由我来和你进行工作对接。"

"麻吹小姐，请多指教，你不用紧张。"

"我没有紧张，因为在电话里问了也说不清，所以才直接来请教你的。"

美华说道。不被气氛牵着走确实是她的优点，但容易表现出攻击性就是她的坏毛病了。沙名子明明就提醒过她要改正这一点。

玛莉娜露出了如画般的微笑。

"我已经跟森若小姐解释过了，而且我很忙的，抱歉不能经常去财务室啦。"

"我是从森若小姐手里接手这些工作的，后勤相关事项应该可以等以后再沟通，我今天想请教你的是前几天那份情人节巧克力的赠礼名单。"

美华说得非常干脆，同时将手中的名单复印件展示给玛莉娜看。

她今天没有穿西装，而是上着米色的女士衬衫，下搭黑色的阔腿裤和黑色的浅口皮鞋，戴着金项链和金耳环。由于一身裤装打扮，她把头发松松地扎在脑后，同时右手拿着两张用订书钉钉在一起的A4纸——即名单和一只银色的大号计算器。

尽管美华在穿搭时总是金色配黑色，甚至因此得名"母老虎"，不过沙名子并不讨厌她的衣品，这种风格能让身材娇小苗条且仪态优雅的她看起来显高。

两人都是那种工作能力很强的女性，但相比之下，穿着公司制服的沙名子就真的很朴素了。然而她觉得这是好事，她只需要当一个辅助角色，不用惹人注目。

"那么我先走了，有本小姐，往后秘书科的财务对接事宜就拜托给麻吹小姐了。"

她在美华开讲前先把话说完，然后离开了秘书办公室。

"森若姐，太好了，玛莉娜小姐相处起来很麻烦，但'母老虎'小姐对她肯定会有话直说的吧？"

沙名子刚回财务室，真夕便对她说道，手里还拿着从便利店买回来的咖啡。

沙名子露出苦笑，按说真夕之前也被美华的直言不讳打击过，而现在已经完全振作起来了。

她一边想着，一边也觉得挺痛快的。这阵子她的情绪起起伏伏，不过眼下总算是恢复了状态。

美华和玛莉娜两人那么惹眼，估计凡事都会争个彻底。沙名子很庆幸自己拜托了新发田部长把玛莉娜的对接人换成美华。

"真夕，你和有本小姐之间也出过问题吗？"

"有啊，虽然她不归我负责，不过有一次她的发票没有备齐，我就去秘书办公室问她了，结果她跟我说了一大堆理由，可我越听越迷糊。跟她讲话时，我总觉得好像是自己的脑子不好使一样。哎呀虽然的确不好使啦。"

"这又不是你的问题，我觉得有本小姐很不擅长做说明。我和她沟通时，有几次也找不着北。"

"森若姐你也这样？还好还好。那我就是从来都没找着过北了。"

真夕松了口气，尽管沙名子也不知道她在"还好"个什么劲。

玛莉娜老是说不清事情，经常都是你问一句她答一句，一旦问些麻烦的事，她就耸肩挑眉，回话说"我听不懂你在说什么"——而答案只能由提问者根据那几句简短的回答来自行判断。

沙名子也想过她这样是在威吓别人还是为了面子，不过最近转为怀疑她其实是真的不理解别人提问的意图，或者非要模糊焦点。

玛莉娜和别人对话时，并不多理会内容，但只要把对方拖进她的节奏她就赢了。借用真夕的话，那就是她的做法会让提问者觉得问题不在她，而是自己的脑子不好使。

美华也是那种希望取胜的女性，不过她自有一套完全不同的游戏规则，会将论点明确化，再用语言去驳倒对方。

然而沙名子已经不再负责玛莉娜的相关工作，那就随她俩去吧。

沙名子的办公桌上也放着一些A4纸，那是美华拿去找玛莉娜的文件的复本。美华手里拿着原件，但保险起见，沙名子还是给她留了一份。

名单上有三十二条信息，包括对方的公司名称和对接负责人的大名。送出去的巧克力总额十二万日元左右，平均每份约三千八百日元；而获赠企业中有很多是沙名子没见过的——当然了，公司内部人员的大名都不在这份名单中。

玛莉娜净挑那些有著名师傅坐镇的店买巧克力，好像还会根据赠送对象给人的感觉来挑选适合对方的店家或者商品。

沙名子回想起了玛莉娜送给太阳的巧克力，那是她在太阳家里看到的。

盒子里装了六颗松露巧克力，售价约两千日元，包装上还附了一个太阳形状的挂坠——即是说，玛莉娜按太阳的名字特地选了配饰。

沙名子认为，以友谊巧克力而言，这价格可太高了，而且也太费心。玛莉娜对所有赠送对象都是这样对待的吗？虽然她也觉得送太贵的东西时是会让人多花心思，不过从她个人的观点出发，她真想对玛莉娜说："与其在这种地方耗费精力，还不如去把工作做细！"

"有本小姐真的每年都给单身的开发部同事们送巧克力，但人家一结婚她就停手？"沙名子问真夕。

她去年也想过这个问题，不过情人节巧克力的意义毕竟和贺年礼物、中元节礼物不同，玛莉娜是个三十出头的单身女性，要是她在赠送巧克力时夹杂了私人感情，那整件事情就很敏感了。

之前，沙名子顺势参加过一次相亲派对，也听到了渴望结婚的同事的肺腑之言，所以她没法笑话她们。

"真的，是希梨香直接从开发部的泽田先生那里听来的。玛莉娜小姐的目标就是他，可却被前台人员给抢先了，现在我估计她是看上円城先生了，就是社长的公子嘛。应该算是在钓好男人吧？反正她就是喜欢那些又帅又有上升空间的人，还挺明显的。"真夕一边喝着咖啡一边说道。

希梨香是策划科的人，所以经常和开发部的同事们一起工作，而且她似乎很讨厌玛莉娜那样的女性。

"有本小姐是在找男朋友或者结婚对象吗？"

真夕摇了摇头，继续回答："这我就不知道了……她是单身没错，但感觉也没参加相亲活动。现在她不给泽田先生送巧克力了，不过那些大人物结没结婚好像都不碍事。她又那么喜欢名牌货，总有种在做'小三'的感觉，反正也有人就是这么传的。"

"我听到过一点，说她在做别人的情人，不过没有证据吧？"

"有还得了？反正就是谣传呗，玛莉娜小姐都不太和女同事们讲话，也不用更衣室，连窗花姐和平松姐都拿她头疼，和她关系好的大概只有织子姐了。"

"皆濑小姐和有本小姐关系很好吗？"

"怎么说呢，没人敢糊弄织子姐吧？她有时候会和董事们一起工作，在公司里也很有分量，我在宣传科的时候，还看到过玛莉娜小姐主动过来聊天呢，不过她也只会这么对织子姐，对着其他女同事的时候态度就不一样了。"

"哦……"

沙名子没有喝奶茶，而是琢磨着事，这时美华回到了财务室。

她面色不善，手里还拿着那份名单，上面用红蓝色笔写满了注解。

"美华姐，玛莉娜小姐那里怎么说？"真夕若无其事地问道。

美华看着她俩，随后斩钉截铁地说："我觉得有本玛莉娜小姐很蠢。"

真夕一口咖啡差点没喷出来，沙名子则握紧了马克杯的把手，暗自庆幸还好刚才没喝奶茶。

"我问了两个点，一是她分别送了什么巧克力给这张名单上的人，二是我们公司和名单上的部分公司现在并没有生意往来，那么她和这些公司是什么关系？"

美华把名单放在桌上。

上面印着受赠的公司名称、地址、对接负责人的名字，其中有几条信息旁用红笔写了字母和数字，貌似是价格。

"她一共送出了三十二份巧克力，发票加起来一共十二万二千零三十日元，简单计算一下，每份巧克力三千八百一十三日元。"

"最近的巧克力很贵啊。"

"确实，不过这次的主要问题不在金额上，只能不予追究了，她交来的发票很杂，共有十一张，都来自不同的店，所以我检查了她从哪家店买了巧克力A，从哪家买了巧克力B，又从哪家买了C，然后再去问她分别给谁送了什么价位的巧克力。问完之后，我发现总额对不上了。她很可能就是随便报了几个价格给我。"

"唉，我能说这是常有的事吗？"

"我对她说'你记性不好也没办法，不过还是得确保把来龙去脉都给对上，所以请你至少明确一下金额'，可她没法理解这一点，结果还发了脾气，说这不就是财务的工作吗？但她想错了，毕竟财务部又不知道她给谁送了什么东西，随便填数字属于篡改数据啊。我这么给她解释了，她却说听不懂，不理解。所以，这些事原先都是财务部代她操作的吗？"

"啊……"

"有本小姐确实会这样啦。"

真夕说道。她不知什么时候也靠过来了。

由于勇太郎和新发田部长都不在财务室，真夕整个人比较放松，加上她似乎对美华和玛莉娜之间的你来我往很感兴趣。

沙名子可以想象，有本玛莉娜确实会这样。

——"我听不懂你在说什么。""我不知道。""你才是财务人员，不是该做好自己的分内事吗？我只负责完成自己的工作！"

——"所以这是财务的工作啊！要是森若小姐负责这件事，她就会自己做了！"

——不过，如果她说得比这些还离谱，我就要去跟部长汇报了。

既然问她时她也不回答，找她对话时也沟通不来，那么最后任何人都会得出"有本玛莉娜小姐很蠢"的结论了。

其实这种时候只要调整一下数字，让总额对得上就好。美华都带着计算器了，按说是能在听玛莉娜报数的同时当场就把数字处理完的。

如此一来，整件事情就解决了，玛莉娜也能舒心。沙名子不懂玛莉娜为什么不这样做。

对玛莉娜来说，在争论时赢过美华才更重要吗？还是说，她真不理解美华的话？又或者是懒得再聊，想直接把美华打发走？

"我之前确实帮她做过一些琐碎的事情。"沙名子说道。

"这是不对的吧？"

"是的。"

沙名子承认了。

确实如美华所言，这是沙名子以及前任财务对接人的错。

虽然她们也要亲自去秘书办公室，不过还是太纵容玛莉娜了；除非是重要的沟通，她们都懒得和她多说，还不如由财务部直接操作更快一些。沙名子亦是从玛莉娜的前任财务对接人口中听到这些的。

"反正……算了，没事。"真夕插话进来，却欲言又止。她其实想说："反正也不是什么大不了的事，美华姐你就随便填几个数字呢？"

——但不管实际情况如何，作为财务人员是绝对不能说出这种话的。

——那么，需要巧妙地捧捧玛莉娜，诱导她弄出可以证明责任不在财务部的文件吗？

这就是沙名子针对玛莉娜以及其他不擅长文书类工作的员工们而创出的一套"技巧"，只是很难让美华那种性格的人也这么做，而且就算掌握了这种"技巧"也没什么好自豪的。

"那么，和未合作公司之间的关系又怎么说？"

沙名子改变了话题。

"就像我说的，在名单上，那三十二个客户之中有七个没有客户编码。一般这种情况可能是虽然现在没有合作，但以后有这个可能性，或者企业董事之间有交情之类的，总之应该把理由说清。所以我请她告诉我这七个赠礼对象和我们公司是什么关系，结果她回答说这几家都是送比不送好。这种理由也行得通？"

"可以，因为部长也许可了，我们就不能再继续追究。"

"我想调查一下那些收到巧克力的企业对接人的外貌和婚姻情况。"

"就算有本小姐是按自己的喜好来选人送礼，这也不是财务部该去指正的事。但如果麻吹小姐你个人觉得有不对的地方，那就另当别论了。"

"我才刚进公司，我的想法是没有任何分量的，要是有本小姐实话实说我也不打算深究。森若小姐你怎么看这份名单？有什么在意的地方吗？"

美华一副要给名单上的公司一一致电确认是否当真收到情人节巧克力的架势。

虽然沙名子觉得自己可能管太宽了，但她真想叫美华放松一些。其他部门的同事们会对财务人员敬而远之，这固然是无可奈何的，可大家彼此间并非敌对关系。接下来就要进入年度结算阶段，这些公司才收了几千日元的礼物罢了，如果一家家调查过去，那工作量绝对会爆表。

她指着名单上的一家企业，说道："这家让我蛮在意的，销售部的人经常招待他们，但我们并没有收到过他们家的订单。"

沙名子指出的企业叫作"畑中策划股份有限公司"，对接负责人姓"高水"，边上还附有美华写下的客户编码。

"这家公司有客户编码，所以我就没问有本小姐。"

"那可能是我弄错了，这件事你去跟新发田部长商量或许更妥当。我之前也说过有本小姐那里常出这种情况。"

"找部长谈，部长就会说这些无所谓，于是局面就逐渐发展成了现在这样，是吗？一开始也许都只是一桩桩小事，可是大家全都抱着姑息的态度的话，公司的纪律就会败坏。"

"我也这么觉得。"

沙名子再次表示了赞同，经费混子们都是从耍小聪明开始的。如果她是在社交平台上看到美华的发言，会毫不犹豫地点赞。

美华眯起了眼睛，看上去似乎有些意外。

沙名子去了宣传科的地盘，只见织子正在自己的办公桌上对着电脑。

她今天大概不需要外出，所以没穿翻领衬衫，没戴大耳环，而是一身针织衫打扮，妆容也很轻薄。她桌上放着一小盒肥皂，还散着几本宣传手册。不知是否错觉，沙名子觉得她精神似乎欠佳。

"皆濑小姐，我有些事想请教你。"

沙名子开口道，织子仿佛吓了一跳，抬起头来。

"森若小姐，怎么了？"

她的声音和平时无异。

就算没有高级西装傍身，织子还是浑身散发着一种小看不得的气场，根本犯不着带上不必要的攻击性，也不用夸张地耸肩。哪怕在花公司经费时稍微超支一些，销售部的部长也不会说什么，因为她手里累积了许多实绩。

——所以她何苦……

沙名子在第一次见到织子的丈夫时也是这么想的。

她无论如何也没法冷静下来，他们夫妇俩太不般配了，为什么织子会挑中这样的男人？她明明就该走其他更适合她的道路。

——可她在婚后为什么又接着选择了搞婚外恋呢？

——而且对方还是严肃古板的一匹孤狼——田仓勇太郎，和她丈夫完全就是两种不同的类型。

沙名子知道织子对男人们来说很有吸引力，然而织子本人对男人的品位又是怎么回事？

不过在对男人的品位上，沙名子可没有资格端着架子对织子指手画脚。

"倒不是和你有直接关系，其实我想问的是有本玛莉娜小姐的事。听佐佐木小姐说你和有本小姐关系很好，所以我来请教了。"

织子微微皱起了眉。

"我和她并没有特别要好啊，只不过我有工作要联系董事们的时候，得通过她这道'窗口'，还有就是有时候会麻烦她帮忙接受宣传刊的采访。"

"这份名单里有你知道的公司吗？尤其是我们做了标记的这几家里，有没有不跟我们做生意的？"

沙名子拿出取自玛莉娜的名单。

织子盯着名单，随即用指尖点出了几家公司。

"我知道这家，之前在一次派对上，我把他们介绍给有本小姐了。因为她说想参加看看。可我们公司的董事们都没出席呢，我还琢磨过她这是什么意思，可想想现场多一些女性的话整体就会变得很亮眼，也就同意带她一起去了。"

"了解。"

"出什么事了吗？这又是什么名单？"

"有本小姐向财务部报销送礼费用，这就是她的送礼对象名单，其中还有一些和我们没有业务合作的广告代理商、电视台关联公司，这下我就不明白理由了。因为媒体宣传方面的公司由宣传科负责对接，可是他们都没有为这件事联系过你吧？"

"没有。真是的，在派对上认识人是挺好的，不过之后她如果和谁有交流，我还是希望她能告诉我一声啊，毕竟我也有可能会遇到对方。她送什么了？"

"情人节的巧克力。我觉得这应该不会影响到皆濑小姐的工作，但如果你有在意的地方，或许可以直接去问一下对方公司。我只是想了解一下为什么有本小姐会和没有业务往来的公司有交情。还请你保密。"

"我不会跟别人说的。有本小姐在派对上也没和我待在一起，而是到处去说话了，看起来容光焕发的。她跟我说要是再有其他派对，她还想去，不过我拒绝了。怎么说呢……"

织子有些迟疑。

"你觉得她像是去找人生伴侣的吗？"

听沙名子这么说，织子摇了摇头。

"不是的，总感觉她是去收集知名公司的名片的……毕竟有人就是喜欢手持一叠名片嘛，于是就到处去露脸，尽量收集那些很有排面的名片，我当时心想秘书大概也需要做这些事吧。谢谢你告诉我这些，我会自己去和有本小姐聊一下的。今天找我就是想问这件事吗？"

"还有一件。"

织子的表情一瞬间紧张了起来。

大概她已经知道沙名子看到她和勇太郎在公园幽会了。虽然当时沙名子惊慌失措之下并没有确认她的情况，

她也可能是从勇太郎那里听来的，即是说，他俩在那晚之后还有联络。

"什么？"

织子说话时，脸上带着那种时有出现的、绝不服输的表情。

她的反应不同于惊惶道歉的勇太郎。沙名子本以为在一段不伦之恋中，怎么说都是已婚出轨的那一方更为不利，但其实这种时候女性才更大胆吗？

"我们财务部来了一位新同事，叫麻吹美华，她和你交流过吗？"

"稍微说过几句。我也听到过有关她的各路评价，不过我不讨厌她那种类型的女性哦。"

"她前几天说到你的差旅费可能花在不正当的地方。"

"我不知道她指哪次出差，但我从没有出过假差，如果有必要我随时都可以提供我的行程表和工作对象的名字，现在就给你看随行笔记簿也没问题。"

织子伸手拿过桌上的台历，只见大大的台历上用黑笔、红笔密密麻麻地写满了日程。

沙名子装模作样地扫了一眼就继续和织子对话了。反正织子才不会那么简单就给人家抓到把柄。

"我想也是，而且现在也确认过了。麻吹小姐处理报销的时候比我还严格，加上她刚来，很多事还不习惯，可能会对小事盯得很紧。该说她非常正直吗？总之是个坦率地表达意见的人。假如和她不熟，也许会被她吓到。我想说的就是这些。"

"明白了，我会记在心里的。其实公司本来就有些大家都觉得理所当然的做事习惯，但它们在外人看来却是应该修正的——所以就这些吗？还有别的事吗？"

织子凝视着沙名子。

"就这些了。"

"好的。"

织子微微笑了，是那种明星艺人般的笑容，就和她在电视上展现的一样。

不管聊了什么，总之沙名子又能和织子好好说话了，她也绝不会说要去对别人告密，现在她的心情很不错。

——那么，该去做下一件事了。

沙名子慢慢地往楼上走去，同时看了看时间。

　　马上就是下午五点了，离下班还有半小时，看来今天可以按时下班。

　　财务人员的好处就在于一定程度上可以靠自己的判断来决定自己的工作。

　　决算文件的制作进度是以周为单位来制定的，在决定加班的日子就一口气多做些，而在决定早点回家的日子就按时下班。财务部不鼓励单独加班，因此必须和其他成员们通个气，相约一起留下；不过在这个阶段勇太郎会连续加班好几天，那么别人就不用提前做加班安排了，反正部门里总有人在。

　　去年的这个时间可没法准点回家，好在今年美华加入了，沙名子也轻松了一些。

　　她心中庆幸，幸好美华的自尊心很高，不会依赖她，也不会畏畏缩缩的，凡事一往直前，积极主动。虽说性格方面有不易相处之处，不过在真起冲突的时候再对付即可。比起那些性格随和但是做不好工作的人，还是这种能力强的人比较好，哪怕有点怪脾气。

　　她已经敲打过织子，只要再跟美华说一下，这项任务就算结束了。顺便再提一下玛莉娜在收集名片的事，这样关于玛莉娜的问题也解决完毕。

　　她还把勇太郎和织子疑似出轨的麻烦给梳理清楚了，他俩都知道沙名子没有把事情说出去，于是他们三人暗中达成了默契，勇太郎应该也不会辞职，之后就随便他俩去，她立刻把这事忘干净就好。

她又回想了一下家里的冰箱内装着什么，倒是没有需要趁早吃掉的食材。

——今天就吃寿司吧！虽然不是周末，不过想吃的时候要是不吃，可不知道会发生什么。下了班我就去堂吃的柜台前坐着，让师傅给我捏寿司，放松一下心情，然后回家把剩下的几盘《绝命毒师》影碟一口气看完。

打定主意之后，沙名子向财务室走去，可有人却从旁抓住了她的手腕。

"森若小姐，我有话想跟你说，方便来一下吗？"

原来是美华。

沙名子有种不妙的预感。

"怎么了？"

"请来这边。"

这里离财务室还有几步路，看来美华是蹲点等她的。她们都不用折返，就直接去了财务室旁那个用隔板区隔出来的小会议室。

"麻吹小姐，我刚刚和皆濑小姐谈过你提出的问题，她那次出差一切正常。"

沙名子怀着警戒心，只希望尽快回财务室去。

"谢谢，不过我想说的不是这件事。下周三晚上，你下班后有安排吗？"

"有的。"

"那么只能请你改变计划了。那天下午我会请假半天，你只需等到下班后即可，到时候我们约个时间碰头，地点在新宿的歌舞伎町，详细地址我会提前发短信给你。"

"你突然这么说，我很难做啊。"

"并不突然，其实你都猜到了吧？否则你会不问问我去那里做什么吗？"

沙名子盯着美华，沉默了一会儿，但还是认命了。

"你要去哪儿？"

美华也盯着沙名子，然后干脆地答道："新宿的女公关俱乐部'五星Z'，森若小姐你别说不知道那家店啊。我是去确认有本玛莉娜小姐是否在那里工作的。"

"五星Z"读作Star Five Z，美华刚刚的发音简直就和外国人一样标准。

沙名子脑海中又浮现了"不要追兔子"这句话，虽然她也不知道美华有没有看过《环太平洋》这部电影。

——"不要被杂念所惑，把注意力集中在眼前的战斗上。"

美华就处于这样的状态之中，她娇小的身形爆发出了前所未有的强烈意志。

玛莉娜不是主要的敌人，只是二级警戒的"怪兽"。

是故不用那么认真。财务人员的工作是让数字都对得上，并不需要打倒敌人。

沙名子很想这么说，不过还是作罢了。

就算是杂兵喽啰也要全力打败，只要觉得哪里不符合道理那就去对抗——这就是美华的原则。而且这大概也是她不得不常换工作的缘由。

其实沙名子很早之前就隐隐觉得玛莉娜可能有"副业"，也就是说，她可能在下班后另外做着其他工作。

因为她的东西都很贵，超出了工资能够负担的范围，住的也是高级公寓。

虽然也可能是她老家有钱，或者有外快，可是她又会在小地方做手脚——比如她明明负责维护一些地方上的小型温泉旅馆，相关财务管理却做得非常粗率，她甚至还会去私吞对方发来的现金。而她在成为董事秘书之前的经历也是个谜，从她平时的言行举止来看，怎么都不像是从小受过良好教育的。

她在周三和周五基本都按时下班，如果不在业务繁忙期，甚至还会早退。她和其他员工一样都需要打卡，但是经常会号称忘了，等之后再申请补打。就是因为只有她一人受到特殊待遇，所以才会有传言说她在当高层的情妇。

巧克力的发票是真的，而那张名单怎么看都很像在造假，大概她把自己私人要送的对象也混了进去。像太阳收到的那份巧克力也能找到对应的发票。

尽管名单上附上了相应的客户编码，不过有几个数字却对不上。玛莉娜不擅长文书类的工作，只要仔细检查就会发现小错误，而且还能从中想象到她实际上做了什么。

她被沙名子催促着提交名单之后，大概也是挑了一些认识的人去随便替换收到她巧克力的男同事们。

至于人均获赠巧克力的价格之所以偏高，亦是由于削减了真实人数所致。不过沙名子和前任对接人都会直接让她过关，毕竟较真太麻烦了。

玛莉娜应该没想到今年美华会追究那些没有客户编码的公司，估计还是准备和平时一样在感情上斥责对方，好让对方对她敬而远之。

——有必要送那么多巧克力吗？

最开始沙名子以为她可能是在物色伴侣，可即使如此，赠送的对象也太多了点。再加上好歹有份名单，所以这大概是为公而非为私了。

她那些与身份不相符的服装、名牌的包、频繁的早退、精致的妆容、亮泽的秀发，还有对新婚的男性不再出手却会给单身男性与身居要职的已婚男性送巧克力的行为，每一件都单独花上了细腻的心思。

此外，虽然已经时过很久，不过沙名子曾经在白天去秘书办公室时觉得她身上一股酒气，即使她喷了许多香水，但在收下发票的那一瞬间还是能够察觉出来。只是当时沙名子以为玛莉娜有工作上的应酬，所以没有多想。

——玛莉娜居然会在接待服务业从事着女公关的工作？

然而，说到女公关，沙名子心里还有另一条线索。

"女公关俱乐部还是森若小姐你告诉我的呢，如果光靠我自己才不会注意到它。"美华凝视着沙名子说道，"'畑中策划'——这家公司就是女公关俱乐部'五星'背后的运营方吧。因为'五星'面向可以报销招待费用的销售人员，所以'畑中策划'的大名在发票上写得好好的呢。'五星'在秋叶原、池袋、新宿都有分店，店名分别后缀了字母'X''Y''Z'，'五星Z'就是新宿店。

"销售部的吉村部长经常去那家店，有时候总务部的新岛部长也去，虽说他们都称这算商谈费、招待费，走了报销，但也太过频繁了，而且从金额和日程来看，搞不好他们还会自己一个人去消费。

"反正森若小姐你都注意到这些事了，对吧。"

美华总是非常直率，而且具有调查能力。

所以沙名子才会对她报出"畑中策划"的大名。这也是沙名子始终在意却置之不理的一桩"疑案"。

吉村部长和总务部的新岛部长关系很好，假设玛莉娜在那家俱乐部打工，而吉村部长又会去那里，于是新岛部长便在默不作声之中把玛莉娜那些可疑的报销申请给批准了——这样一来倒是可以理解。

"我确实注意到了，不过并不知道和有本小姐有没有关系，我只是看了那张名单，然后把显眼的地方指出来而已。"沙名子悠悠地说道。

"是在给我提示，对吗？非常感谢你。因为这家公司有客户编码，你要是不告诉我，我应该是不会去查的。有本小姐的名单拟得太随意了，实际上我觉得她为了私下给男士们送礼而买了更多巧克力，再把申请报销时会显得不自然的受赠者都删除了，接着从那些稳健的或者有客户编码的公司里选几家混入名单里，'畑中策划'也是这么被写进去的吧？"

"大概吧——但这也不能说明有本小姐本人就在'五星Z'里兼职啊。"

"因此我才要去确认啊，她和那家俱乐部没关系是最好。她每周三、五好像都不加班，我想她如果有那份女公关兼职，那也就是挑这两天晚上，在新宿分店里工作。"

"每周两次？这行得通吗？"

"可以啊，我之前用假名打了电话过去，说我想做卖酒女，不过每周只能去两天，而且还不固定日子，不知道是否可行。对方的经理就叫我过去面试，还说非常欢迎在公司工作的女职员们，大家可以本职优先，分组轮班。"

沙名子差点没喷出来。

——一本正经地在公司里说什么"卖酒女"实在太突兀了，幸好我没在喝奶茶。她到底要让我这样感慨多少次！

美华到底打了什么电话啊？她对此事涉足之深已经让沙名子惊叹了。

"那你为什么说是新宿分店？"

"按有本小姐的'出勤'时间来看，她能去的也只有那家了。"

沙名子也是这么想的。如果玛莉娜在"畑中策划"，也就是在"五星"连锁俱乐部里出场陪客，那么肯定就是在新宿店。

"可就算我问了，有本小姐、吉村部长和新岛部长也不可能告诉我的。于是我就找了男性朋友下周三帮我去一次，而我则计划在附近的咖啡馆等他联络。森若小姐，请你在下班后过来跟我会合。"

"假如有本小姐真的在那家店兼职，你也不能确定下周三是不是轮到她出场呀？"

"我觉得可能性很大，因为那周有'白色情人节'，请你别再装不知道啦，既然已经察觉到了，那么请见证到最后吧——这就是所谓的责任！"

美华说得干脆又果断。

——不该是现在这样的……

沙名子从新宿站下车，往歌舞伎町走去。

现在是周三晚上六点四十分。今天是宝贵的按时下班日，原本应该去购物、重涂指甲油的，要是再有余力，还能把本周后半周的饭菜和洗涤工作做掉一部分，然后看看电影读读书，或者适度和太阳闲聊一会儿。

她和美华约在歌舞伎町一家咖啡馆里见面，但她听都没听过那家店，只是按美华的说法，在那里好像可以观察到"五星Z"的出入口。

美华在傍晚时分就到了，现在应该正耐着性子等着看玛莉娜有没有进入"五星Z"的大门。

夜晚的歌舞伎町好可怕，沙名子在新宿站出站后，最多也只到过车站前的闹市街，不曾去往更远处。虽然路上的人并没有她想象得那么可疑，然而那些写着"小心恶性拉客"的条幅就垂在那里，太过醒目，她开始觉得来往的行人全都是会强行拉客的坏贩子。

美华很坦率，甚至可以说她一直都在把那些沙名子随便想个大概的事情梳理成章。

——玛莉娜有可能在"畑中策划"手下的"五星Z"做兼职，同时销售部的吉村部长和总务部的新岛部长也可能会去光顾。

所以沙名子才装不知道的，因为她不想与吉村部长为敌。

而相应的是，她为美华提供了暗示。

如果是美华，那么肯定会独自思考然后代她把事实揭晓，而她根本就不用出手。一旦副业曝光，玛莉娜就会辞职了。

其实她心里也觉得这下子可算是舒畅了。

有本玛莉娜是她的污点，始终如鲠在喉。去年，她发现了玛莉娜的不正当行为，却放过了对方——为此，她很后悔。

当时沙名子觉得那是最好的处置方法：她抓住了玛莉娜的弱点，而玛莉娜应该有所反省。那么，财务部以后就不用再优待她，她多半也会认真工作。比起来一个新秘书，可能还是这么做比较好。

只是，她没有想到新发田部长会和勇太郎商量这件事。

勇太郎还把这件事作为沙名子的弱点给拎了出来。

玛莉娜的变化却只有稍稍一阵子，反倒还因为她的手下留情而小看她。

——那时候真该逼玛莉娜辞职的。

虽然涉事金额不多，也没什么证据，不知道是否足以让玛莉娜辞职，但要是沙名子认真追究，想必会是另一种结果。

现在，第二次机会出现了，美华估计不会放过玛莉娜。

事实也确实如此，沙名子料中了。

然而美华并不是那种爱炫耀自己聪明的类型，也不愿自己一个人当靶子并独占功劳。

她没有沙名子想象的那么单纯，她亦会评价沙名子，这是沙名子的误算之处——其实小看了对方的是沙名子。

之后怎么办呢？玛莉娜是不会领会别人的宽厚之情的，反正要对她出手，那么美华希望和沙名子两个人一起行动。

要是不这么做，以后就得彻底放任玛莉娜。

——既然要放任她，那么今天不来这个咖啡馆赴约就好了。

沙名子穿过人行横道，将工作用的拎包背好，低垂着头走在一家刚建成的电影院旁，只希望谁都不要注意到她。

她并没有来这里的理由，只要无视美华说的话，自称毫不知情，然后放着不管就是了。

那样一来，美华估计就会对她失望，然后擅自行动，同时一切后果自负——最后即使又要以辞职收场，美华也只会一边为自己的正义而自豪，一边进入下一家公司。这就是麻吹美华的生存方式。

可要是玛莉娜辞职了，沙名子又能像原来一样都安稳度日，在公司和自家之间两点一线，每天做做便当，偶尔去吃个寿司、买些东西。

这诱惑太强烈了。她不需要什么刺激或者好评，她希望维持现状，希望生活一如一条平静直流的河川，只需安稳地过活下去，只用看自己想看到的事物，随波逐流——毕竟，还有什么日子会比这种状态更加幸福畅怀呢？

沙名子感到眼前的人群已经开始变了，她和一位连大衣都没穿的艳丽女郎视线相对，对方瞥了她一眼，她便躲开视线，假装什么都没看到。

此处是那些女郎们的领地，沙名子才是异类。

不过她自己的归属到底在哪里呢？一股近似于焦虑的情感向她袭来。

——我不是祈祷着能从安定而幽暗的迷宫中脱身吗？要是没有飞翔的勇气，这个愿望不是也白搭吗？

她不知道自己到底是想往前走下去，还是想往右转，折回自己的房间。

——不行，我又开始想起早就忘掉的事了。

手机响了，她猜得出这是美华打来的，但却不想接。

她漫无目的地走着，拐弯踏上了一条不知名的街道。这条路上的行人总算是少些了，然而她也不确定这时候到底是人多些好，还是少些好。

她想见太阳。

她对自己的想法感到惊慌，从包中掏出了手机，却不晓得该做什么才好，只得站在原地。一对年轻男女从她斜对面走来，他们看起来非常幸福，眼里完全没有她或其他任何人。

而她觉得好像见过这两个人。

可虽说面熟，这对男女却不是沙名子的朋友或相识之人，她认不出他们是谁，他们也并未留意到她。

这对男女打扮得很是休闲，男方穿着黑色长裤和部队风格的夹克，还戴着一副扮造型用的眼镜。女方则身着外套、牛仔裤和红色的浅口皮鞋，搭配简洁但很时髦。也可能是因为他俩外形条件优越，所以才让人产生这种感觉。

——他们看起来不像学生或者上班族，倒是带着一股艺术家气质，年纪在二十多岁，大概是创作者、剧团演员或者向往成为艺人明星的人吧。

沙名子才刚这么想着，就意识到男方是皆濑知也。

他是织子的丈夫，不仅相貌不错，而且身材尤其好，简直像个模特，因此沙名子记得他。

而女方就不像知也那么面熟了，但八成就是知也电影的女主角。她紧紧挽着知也的胳膊。

就在沙名子思考着这些时，他俩已从她身边走过。她看着二人渐行渐远的背影，只见他们正亲密地说着话，准备走人行横道穿过大马路。

等他们穿过马路之后，她就看不见他们了。她犹豫了几秒，便追在了后头。

她眼见着那两人熟门熟路地步入了一条铺着石板路的巷子。

一进巷子，就能看到一块小小的招牌，上面写着"Fashion & Designer's Hotel 柊"。

沙名子窥探着巷子深处，前方似乎还通向某处，黑乎乎的细长形建筑紧密地排列着。

就在他俩走了半条巷子时，突然紧紧地抱在一起，男方摘掉了眼镜，女方将手攀上了男方的后背，正准备接吻。

沙名子手足无措，只顾调开手机摄像头，摁下拍摄按键，并拉大焦距，开始拍摄视频，因为她注意到拍照会有快门声。就算她没有在知也的博客上仔细看他的长相，但还是确定这位男士就是知也本人。

那对男女并没有注意到自己正在被人拍摄，只是习以为常般地结束了一吻。

两人又微笑着说了几句话，走了一会儿，便钻入右边一家酒店的大门，进入其中。

沙名子愕然。

她慢慢走进巷子。

想不到那家酒店的入口处是按现代简洁风来装修的，有一对玻璃和木头制成的双开门，要不是附带说明，肯定没人会认出这是家情侣酒店。

她意识到自己一直在拍视频，赶忙将它关停。拍摄全程让她觉得非常漫长，可实际上只拍了几分钟左右。

——我又遇上麻烦了。

沙名子才刚觉得织子和勇太郎的麻烦已经解决了，眼下这出算个什么事。

她的手心沁出汗水，心跳速度加快。

她一边走在新宿的街道上，一边盯着自己的手机，却不敢点开刚才拍下的视频。她不知道接下来如何是好，是否要将它发给织子呢？当然了，她也不知道织子的私人联系方式。

她很想一删了事，可还是下不了手。

——我为什么拍了这种东西？我才不想在手机里存别人的接吻视频啊！

——说到底，皆濑织子和皆濑知也那夫妻俩到底都在搞些什么！

手机再次响了起来，她独自走在路上，烦恼不已。

"森若小姐，我还以为你不来了呢。"

美华坐在一间小咖啡馆的临街座上说道。

约好的时间早就过了，美华给她发了好几条短信，还打了好几通电话，不过她都没有回复。

"没办法，我迷路了。"沙名子回答。

"我就觉得你会来的，所以一直等着。虽然我的目的已经达到了。"

美华满脸凯旋的表情，她正准备拿起咖啡杯，却发现已经空了，于是就把杯子留在原处。

"如果你没在等我，我就准备回家去。有本小姐什么情况？"

"坐实了。和我想的一样，她在女公关俱乐部'五星Z'做兼职，我朋友进店还不到一小时就把视频发过来了，简直轻轻松松的，都没点刺激感。要看吗？"

"不，现在不用。"

沙名子说道。她并不想看到玛莉娜做卖酒女的样子。

服务员过来招呼她，她便点了咖啡，美华也追加了一杯。沙名子心想幸好美华这次没点卡布奇诺。服务员有些冷淡，待客用语也说得磕磕巴巴。

场面一时间陷入了沉默。她们两人都眺望着俱乐部店门上那坏掉的霓虹灯标志以及进入其中的客人们，同时喝着清苦的咖啡。

"我还以为森若小姐你会点红茶呢。"美华小声咕哝。

"我偶尔也会喝咖啡的，不过有心情的时候才喝，不像真夕喝得那么凶。"

"那么今天就是你'有心情'喝的时候？"

"是啊。"沙名子说。

咖啡其实不怎么好喝，但能让人平静下来。

美华似乎和沙名子一样，不擅长通过闲聊来维持场面热度。眼下沙名子为此感到庆幸，得亏她俩都这样。

"有本小姐的事你打算怎么处理？要汇报吗？"沙名子说道。

"天天股份有限公司没有禁止兼职吧？"美华思考了一会儿，回答说。

"前提是不得违反公序良俗啊，女公关俱乐部可能出格了。"

"怎么办呢？"

美华背靠在了椅子上。

"我建议继续观察一下再说，尽管要她重做巧克力赠送对象的名单，不过我们可以先装不知道她有副业，因为她八成会搬出各种说法来反驳，而且搞不好她和吉村部长还是互利互惠的关系。"

"既然有本小姐和吉村部长之间有些什么牵连，那就不急着动手了，毕竟处理起来很麻烦。"

这回答真让沙名子意外，她没想到美华会因为"麻烦"之类的理由而放弃正义。

"我不是这个意思，我们必须先确定吉村部长和新岛部长是不是故意保密的。像'特殊类'这种没有清晰定义的类目里，可以塞进任何事物。假如追究下去，搞到有本小姐辞职，他们也只不过是舍卒保帅。所以我觉得需要让有本小姐失态，而且是没法辩解的那种，我会等着那一天来临。"

"为什么要让她失态呢？"

"因为她头脑不灵光啊。现状太不公平了，她那一套在社会上可行不通，早晚会栽跟头的。不然也太不正常了！"

美华的语气很强硬。

然而沙名子却心想——玛莉娜也可能不会栽跟头，她按自己的方式活得很滋润。

她一身的高价货，住在高级公寓，深受部长们疼爱，在女公关俱乐部兼职，又去派对收集名片。她只要说一句"我要去告诉部长"，那么就总有员工会因为害怕而服从于她；她还会分发用公司经费买的巧克力，之后说不准就能嫁个有钱老公了。

事实上，四处碰壁的不是美华吗？她和玛莉娜二人到底谁才是聪明人？如果正义不能取胜，那坚持正义还有什么意义？

沙名子提醒自己不能继续想下去，她觉得自己仿佛被新宿的毒气侵蚀了。

不能嘲笑别人，也同样不能轻视别人。玛莉娜也好，美华也好，任何人也好。沙名子把她俩都小看了。

"麻吹小姐，你是为什么而工作的呢？"

沙名子问道。她想听听美华的工作哲学。

美华沉默了。

她想说些什么，却又住了口，随后才慢慢开口道："有家饭店，那里的肉特别好吃，红酒也很美味。森若小姐你还没吃晚饭吧？去那儿吃？"

她邀请了沙名子，不过或许是不习惯说这种话，连声调都拔高了一些。

沙名子的脑海中泛起轻波，她记得以前也出现过这种心情。

美华是个麻烦制造者，只要赴她的约就肯定会有事发生；可如果拒绝，那么未来又会和原先一样风平浪静，宛如一条笔直前行的河流。沙名子此刻该如何抉择？

"好的，美华小姐。"

沙名子正饿着，而且也很久没有单独和女性友人一起出去共进晚餐。

"女性友人"——她不知不觉中就这么想了。

樱花开了。

沙名子和太阳走在新宿的御苑。太阳想去更远一些的地方，但沙名子说只要是市内不太拥挤的地方就好。因为她不喜欢人多的环境。

太阳右手提着一只纸袋，里面装着刚才在百货大厦的地下商场买的豪华便当，他们打算找个地方一起享用。

"我去年想都不敢想，居然能和沙名子小姐一起赏花。"太阳说道。

——这一点我也一样，我也没想到居然会和山田太阳一起赏花。

去年，沙名子在下班路上独自去了千鸟之渊[1]，感觉真是太幸福了，自己一个人的话想去哪里、想吃什么都不需要经过别人同意，也不需要和别人相互迁就，真是何等轻松！而且她至今仍这么认为。

而两人相处时，凡事耗费的时间就会翻倍，今天选便当时也是如此，沙名子决定去日式的店购买，而太阳则说吃咖喱就好，于是他们在地下商场转悠了好久。

结果，太阳和沙名子在同一家店买了便当。她问太阳，既然如此，那之前为什么坚持要吃咖喱呢？结果对方回答说一看到这家店里的东西就也想吃了——真是个没有原则的男人！

"太阳，你去年没去赏樱花吗？"

"工作有点多啊，太忙了，都没时间见朋友，而自己去又很无聊，因为没人说话嘛。"

"我从不觉得自己一个人会无聊。"

沙名子说完后，太阳笑得有点古怪。

"毕竟沙名子你会一个人去看电影欸，可你不想找人谈谈观后感吗？"

"刚看完的时候，我更想要自己思考，等过几天再聊倒是没问

1　"千鸟之渊"是皇宫的护城河之一，位于东京的北之丸公园，以一条长达400米千鸟渊樱花道而闻名日本，这条樱花道是东京著名赏樱景点。——译者注

题，不过和别人聊过之后我会觉得自己的感触变稀薄了，我很不喜欢这样。看过一次的电影倒是可以两个人再看一次。"

"其实我不太理解为什么有人会把同一部电影看两遍。"

"因为很喜欢这部电影吧，虽然我更常在自己家看。而且这种人其实不少哦。"

"山崎哥也这么说过，我总觉得输给他了。"

"输他什么？"

"唉，我也不知道！和沙名子交往之后，我时常会思考啊，以前我觉得理所当然的事会不会是错的？"

这就是太阳的优点，他不会单方面认为某事就是理所当然的，也不会坚称自己的观点和做法才是正确的。

太阳抬头看向天空，似乎觉得阳光有些刺眼。他没有穿大衣，而是身着一件红色的兜帽衫。不穿西装的他有几分懒散，看起来比平时都更为轻松。

"总之我们慢慢散步吧！我好喜欢和沙名子待在一起啊，而且也渐渐习惯了。我很擅长去配合别人的，所以没关系！"

"但我不太会配合你，这一点让我觉得很抱歉。"

"我很庆幸你的对象是我，能遇见你真是太好了。"

——为什么会变成这样？

和太阳聊天，沙名子也会有一种"太好了"的感觉。可本来不该是这样啊。

"我最近在思考什么是'平衡'。"

大株樱花树下的位置都被拖家带口的人给占了，草坪反射着阳光。沙名子边找樱花开得漂亮又能落座的地方，边念叨着。

"平衡？"

"就是借贷双方持平，支出与获取相对等。我讨厌一方成为另一方的负担，也绝不想和人竞争，平局是最好的。"

沙名子并不知道自己给予太阳的和太阳给予自己的是否等同，有时她会觉得两者之间其实相差甚远。

她又想起了织子和知也。他俩现在某种意义上也算扯平了，不过她厌恶那种"平等"。

沙名子和太阳两人如果再相似一些，那么肯定会更懂对方，但是这样一来便也不需要对方了，因为和自己独处时的状态并没有区别。

"这个嘛——两个人一起不是会更幸福吗？"太阳直率地说道。

沙名子看着他，只见他正喜滋滋地眺望着远处的樱花，嘴里还嘟哝着那边好像有个没人注意到的好地方。

她不禁有些火大。自己明明鼓足勇气吐露了人生信条，对方却给了个这么随意的回答。

沙名子没有作声，继续往前走去，太阳瞪圆了眼睛追在后边："怎么生气了啊？"

"我没生气。"

"不不，你就是在生气，虽然我不知道你为什么生气。难道我发票又没交对？"

"哪来的发票啊？"

"刚刚买的便当不可以报销吗？"

"不可以！"

太阳大笑起来，沙名子则装不知道，继续走自己的。

其实她没有真的生气，只是因为太阳什么都没思考，却答出了事实，这让她稍稍有些不爽。

樱花树下的真夕

"佐佐木小姐，请用。"

春天来了。

真夕在办公桌前对着电脑屏幕，一旁传来了勇太郎的声音，只见他拿着一只开了封的盒子。

"是客户送的吗？"

"不，是我自己买的，不过吃不完，我也不需要，你能帮我分给大家吗？"

"是山村世界堂的最中点心啊！我超喜欢，可以拿吗？"

这是真夕喜欢的日式点心，一盒十只装，现在还剩八只，财务部很少有机会收到礼物，所以偶尔来上这么一次让她很高兴。

"听说很好吃，我就买了尝尝，但我忘了自己其实不怎么爱吃甜的。"

勇太郎难得闲聊。

"好！我给大家送去，不过先要上个供品。"

"供品？"

"哦，这是我私下的说法啦。"真夕说道。

新发田部长不在财务室，真夕把一张便条纸当成碟子，把一份最中放到他的办公桌上。

新发田有洁癖，不太吃别人给他的东西，但偶有例外，因此可不能把他丢在一旁就去分享点心。

总之先在他办公桌上放一个，然后等他开口说不用，或者过几小时发现东西还在那放着，那么届时真夕就会悄悄把它撤走。这就是她口中所谓的"上供品"。

"森若姐，'母老虎'小姐，这是勇哥给的！"

真夕往沙名子和美华那里走去，两人正边看文件边说话，美华在提问，沙名子在给她解答。

她俩的关系比美华刚入职时好了不少，而且比起沙名子，美华的态度转变更为明显。

"母老虎？"

"咦？啊！抱歉，我不小心说错话了！"

听到真夕这么说，美华"扑哧"地笑了出来。

"无所谓，我以前也被人这么说过，说我是母老虎，跟一头猛虎似的。为什么呢？"

"你喜欢棒球吗？"[1]

"才不是！"

猛虎如此咆哮道，真夕慌了。

1　日本有一支著名棒球队叫作"阪神虎队"。——译者注

沙名子把报销单还给美华，上面有几处用红笔改过了。

"美华小姐，如果需要有本小姐改正那么多处，那么请你叫她来财务室就好。"

"我会跟她说的，虽然不知道能起多少作用。"

"你要去找玛莉娜小姐吗？请带一个伴手礼过去。"

真夕给了美华一个最中点心，美华的表情有些难以形容。

"给她这个点心就能推进工作吗？"

"哦，倒也不是，我没这么想过，只是在琢磨怎么处理多出来的点心。如果很麻烦那就不给她啦。"

"因为嫌麻烦就不做某事有违我的原则。"

美华拿着文件、计算器和点心离开了财务室。真夕觉得明明是送点心过去的美华比自己更受累，不过她并没有把话说出口。

她和沙名子、勇太郎一样，已经决定要和美华友好相处了。如果大家反目，那么工作就会停滞不前。最近，她感觉美华虽然言辞辛辣，但其实是个好人。

美华在女同事们之间的口碑很差，起因是她与在女性团队里居于领头地位的希梨香、窗花吵了架。

不过真夕也挺吃不消希梨香那句"我太男孩子气了"，所以在她看来，美华回的话确实让人有几分畅快。而且有这种感受的估计不止她一个，因此希梨香就算说美华的坏话，也几乎没什么效果。

"我去银行了。"

"好的！"

沙名子离开了，勇太郎也拿起了文件夹和笔记本电脑走了出去，肯定又要去小会议室工作。财务室里只剩下真夕一个。

她回到座位上，看着盒中剩下的最中。它们被做成地球的形状，非常可爱。由于织子很喜欢这个，她在宣传科的时候也经常吃得到。

勇太郎给她点心时，里头还有八份，现在变成了四份，去掉她自己的那份，还有三份。虽说拿去更衣室也不错，不过她就是很想直接把这些都分完。

"早上好。"

正当她在琢磨时，制造部的铃木宇宙来了。

"铃木先生，早上好，你是来东京出差的？"

"是啊——森若小姐呢？"

"她去银行了，应该很快就会回来了，有什么事吗？"

"倒也没什么……"

铃木还在想怎么说，而看到他此时的姿态，真夕吓了一跳。

她觉得他和自己喜欢的乐队主唱——亚力山卓很像。

铃木身材瘦长，五官长得都不显眼，脸上也没有多余的肉，这种脸很适合化妆。

——如果把他的头发加长，染成红色，脱去眼镜再化个妆，然后把工装换成演出服……

"其实，我前阵子和留田先生、藤见小姐一起谈过了，正是因为之前和森若小姐聊过，才促成了我们三人的谈话。我想对她道谢，并报告一下后续。"

真夕还在自己脑海中给铃木换装模仿亚力山卓，铃木就如同下决心般把话说了出来。

"原来如此，那可太好了，我会转告她的。"

"铃木，你在这干什么啊？偷懒呢？"

一个声音从背后传来，打断了真夕的话。

真夕心中暗道一声"啧"，原来是镰本拿着发票进来了。

镰本经常去静冈工厂，和铃木关系似乎很好。

真夕不太喜欢镰本，也没有什么理由，就是跟他说上几句话后即会有些火大。他今天看着心情不错，应该会比平时好些，但她还是不想和他单独相处。

"我有些话想请佐佐木小姐帮忙转达一下呢。抱歉打扰啦，我先走了。"

"对了，我这里还有些点心，铃木先生你要不要来一个呀？"

铃木镜片后的双眼眯了起来，搞不好他是个甜食派的。真夕心想："认真的男人笑起来真好啊，如果能再多看他笑笑就更好了。"

"那家伙搞啥呀，那么冷淡。真夕啊，你还是那么可爱！"

"啊哈哈，谢谢镰本哥。你是来处理发票的，对吧？请把发票给我。"

"我刚刚在说你可爱欸！"

"谢谢！镰本哥你也来吃一个最中呗？"

真夕一边希望镰本快点走，一边收下了发票。自从她进公司之后，已经相当能够忍受不快了。

镰本走后，她开始喝咖啡，吃最中。

真是美味。

她独自待在财务室里，工作还挺多的，可是她的心情很放松。

点心还剩下最后一个，看来能在中午前分完。她正想着该把这最后一个给谁，太阳就来到了财务室。

——山田太阳，他这人总是来得恰到好处。

太阳飞快地往沙名子的座位上瞄了一眼，然后又看向窗外，眺望着附近的公园。今天天气晴朗，显得樱花非常美丽。

"森若姐去银行了，太阳哥你有发票要交？"真夕问道。

希梨香心怀不甘地说过，太阳好像交了女朋友，真夕却半信半疑的，心想太阳这不是还喜欢着沙名子吗？

"啊，我不是来找森若小姐的——真夕你喜欢樱花吗？"太阳在递发票的同时提问。

"樱花？喜欢啊，现在开得正盛呢。怎么问这个？"

"没什么，我就是在想赏花可真不错啊。"

"是呀——发票没问题。太阳哥啊，你爱吃最中吗？我这里还剩最后一个，要吃吗？"

真夕这下觉得他果然有女友了，会冒出些让人摸不着头脑的语句，而且说话时还留着点微妙的余地。

"这个我吃过！很好吃的！谢谢！"

太阳没有再打听沙名子的事，看着就和以前一样不上心，这让真夕有些失望，亏她之前还觉得他很有眼光呢。

总之她把最中点心都分发完毕，开始重新检查处理过的发票时，沙名子也回来了。

"森若姐！刚刚铃木先生来过了，说要跟你道谢。"

"谢我？我不记得我帮过他忙啊，怎么回事？"

真夕搜索记忆，却想不起来，因为她有了铃木宇宙很像亚力山卓的惊天大发现，结果就没认真听他说话。

"呃……是说留田先生怎么怎么了……但到底是怎么了来着？"

沙名子笑了。

"没关系，也不是特别重要的事，我会自己去问的。"

"抱歉，麻烦你了。"

核对完发票之后，她又翻开了考勤记录文件，这时新发田部长进来了。

他坐回位置上，刚打开电脑，就注意到了放在桌上的最中。

"真夕。"

"在，部长您怎么说？"

真夕急急忙忙往部长座位那里走去。

只见新发田指着那份最中，说道："我就不用了。"

"好的，明白！"

真夕把"供品"和那张充作碟子的便条纸一起回收了。

她本就想着事情可能会变成这样，但又不能把给过别人的东西再给下一个人，没办法，这份点心只能由她本人收下啦。

她将点心放在桌上，因为刚刚才享用过一份，所以现在不急着吃。她打算在午饭时间带着点心，和希梨香一起到公园的樱花树下"消灭"掉它。

天气晴好，樱花盛放，真夕好喜欢这样的日子——因为它拥有一种短暂而美丽的幸福。

天天股份有限公司的财务部——今天也很和平呢。

北京市版权局著作合同登记号：图字 01-2021-4490

图书在版编目（CIP）数据

这个不可以报销 . 4 , 财务部的森若小姐 / (日) 青
木祐子著；邢利颉译 . -- 北京：台海出版社 , 2021.10
ISBN 978-7-5168-3096-3

Ⅰ . ①这… Ⅱ . ①青… ②邢… Ⅲ . ①长篇小说 – 日
本 – 现代 Ⅳ . ① I313.45

中国版本图书馆 CIP 数据核字 (2021) 第 165404 号

这个不可以报销 . 4 财务部的森若小姐

著　　者：[日]青木祐子　　　　　译　　者：邢利颉

出 版 人：蔡　旭　　　　　　　　封面绘制：uki
责任编辑：员晓博　　　　　　　　封面设计：MF 斯梦

出版发行：台海出版社
地　　址：北京市东城区景山东街 20 号　　邮政编码：100009
电　　话：010-64041652（发行、邮购）
传　　真：010-84045799（总编室）
网　　址：www.taimeng.org.cn/thcbs/default.htm
E – mail：thcbs@126.com

经　　销：全国各地新华书店
印　　刷：三河市嘉科万达彩色印刷有限公司
本书如有破损、缺页、装订错误，请与本社联系调换

开　　本：880 毫米 × 1230 毫米　　　　1/32
字　　数：159 千字　　　　　　　　印　张：6.5
版　　次：2021 年 10 月第 1 版　　　印　次：2021 年 11 月第 1 次印刷
书　　号：ISBN 978-7-5168-3096-3

定　　价：48.00 元